Wilhelm Paszkowski

Adam Smith als Moralphilosoph

Wilhelm Paszkowski

Adam Smith als Moralphilosoph

ISBN/EAN: 9783743419339

Hergestellt in Europa, USA, Kanada, Australien, Japan

Cover: Foto ©Raphael Reischuk / pixelio.de

Manufactured and distributed by brebook publishing software (www.brebook.com)

Wilhelm Paszkowski

Adam Smith als Moralphilosoph

Seinem edlen Freund und Wohlthäter,

dem praktischen Arzt

Herrn Dr. Otto Hieber

zu Königsberg, Pr.

in Verehrung und Dankbarkeit

gewidmet

vom Verfasser.

ADAM SMITH ALS MORALPHILOSOPH

WILHELM PASZKOWSKI

a. S., HOFBUCHDR. VON C.A. KAEMMERER & CO.

1890

Über Adam Smith als Nationalökonomen herrscht eine grosse Übereinstimmung der Meinungen, und zwar in dem Sinne, dass erstens, die Wirkungen, die von ihm ausgegangen, unermesslich sind, und zweitens, dass er in der Zeit liegende Ideen geistreich ergriffen und siegreich durchgeführt hat. Seine Herrschaft über die Geister ist indessen allmählich geringer geworden. Die Neuern vermissen bei ihm die Würdigung der concreten Einzelheit in der Geschichte und des nationalen Charakters aller wirtschaftlichen Thätigkeit; er habe, so meint man, die Fragen alle in allzu abstrakter Allgemeinheit behandelt und bleibe von einer organischen Anschauung wirtschaftlicher Prozesse durch eine tiefe Kluft geschieden.

Ob diese Kritik von Adam Smith's nationalökonomischen Ansichten gerechtfertigt ist, darüber lässt sich streiten.

Weit weniger gewürdigt als seine Lehre von den wirtschaftlichen Dingen ist seine Moralphilosophie. Der Wert seiner "Theory of moral sentiments" ist nach einigen Autoren nur ein literarischer.*) Das Werk könne gelegentlich zur Übung in der Kritik benutzt werden; als Moraltheorie könne es auf keinerlei Bedeutung Anspruch machen.**) Man wirft dem nachmaligen Urheber des "Wealth of Nations"

* James McCosh, The Scottish Philosophy, biographical, espository, critical. From Hutcheson to Hamilton London 1875. S. 170: 'The work will continue to be read for its style and these adjuncts, by persons who set no value on the theory, which he expounds.'
** So Haldane, Life of Adam Smith. London 1887. Seite 57: "as a work on moral philosophy it is dull and unedifying".

sogar Materialismus und Sensualismus*) vor; ja, man beschuldigt ihn des schimpflichsten Plagiats.**) Überdies wird von manchen jeder Zusammenhang der "Theory of moral sentiments" mit den Lehren der "Inquiry into the Nature and Causes of the Wealth of Nations" vermisst, oder ein ganz unlösbarer Widerspruch der Gesinnung und Denkungsart zwischen beiden Werken statuiert; und andererseits finden sich bei solchen, die einen derartigen Zusammenhang nachweisen wollen, die seltsamsten Kombinationen.

Nun ist es weder wahrscheinlich, dass ein Denker und Forscher von hohem Range, — und das ist der Schöpfer des epochemachenden Werkes über den Nationalwohlstand jedenfalls —, zwei Werke geschrieben habe aus zwei Seelen heraus, die nichts mit einander zu schaffen haben, und aus zwei Gesinnungen, die sich in sittlicher Beziehung gegenseitig in's Gesicht schlagen; noch auch darf man irgend annehmen, dass einem scharfsinnigen Manne ein solcher Widerspruch verborgen geblieben wäre, wenn er ihm unbewusst zugestossen wäre, oder dass er einen Zusammenhang zwischen den beiden Werken nur in künstlicher und befremdender Art herzustellen gewusst habe. Jedenfalls liegt hier ein Problem, dass der Erörterung wohl wert ist. Wir wollen dies Problem im folgenden nur streifen, nur Material für seine Lösung beibringen. Von den spezifisch wirtschaftlichen Lehren halten wir uns fern.

Die vorliegende Abhandlung unternimmt es, Adam Smith als Moralphilosophen darzustellen, den Wert seiner "Theory" zu erörtern und ihr wahres Princip herauszuschälen. Daraus mag sich dann auch ein Urteil über ihren

---

*) Belegstellen für derartige Vorwürfe findet man bei Oncken, A. Smith und J. Kant. Der Einklang und das Wechselverhältnis ihrer Lehre über Sitte, Staat und Wirtschaft I. Leipzig 1877, S. 6. Anm. 1.

**) Dies geschieht von Withold von Skarżyński, A. Smith als Moralphilosoph und Schöpfer der National-Ökonomie. Berlin 1878. cf. S. 47; 73; 74 f. 79.

Zusammenklang oder ihren Widerspruch mit den Lehren des "Wealth of Nations" ergeben. Adam Smith steht mit seiner ganzen Person und Denkweise mitten in den Gedankenströmungen seiner Zeit. Man hat oft die Bemerkung gemacht, dass das 18. Jahrhundert moralphilosophischen Untersuchungen geneigter war als unsere Zeit. Das ist richtig und findet seine Erklärung in dem Charakterzug, der allen Bestrebungen des vorigen Jahrhunderts zu Grunde liegt, ihnen eine so erstaunliche Energie und den Menschen eine so lebendige Freudigkeit verleiht. Einerseits ist es die weichherzige Liebe zum Menschen und andrerseits die zur Natur, was die Gefühlsstimmung jenes Geschlechtes und zugleich zum Teil die Denkweise in dem Zeitalter der Empfindsamkeit charakterisiert. Man verlangt — als Reaktion gleichsam gegen die dem 18. Jahrhundert gleichfalls eignende entgegengesetzte Richtung — nach Ursprünglichkeit und Natürlichkeit im Gegenzatze zu allem gemachten und konventionellen Wesen. Die Kunst will schlichte Naturwahrheit, die Poesie ahmt der Natur nach oder findet ihre liebsten Vorbilder an den Alten: Die vergessenen poetischen Schätze der Vorfahren thuen sich auf und üben ihren kräftigen Zauber auf den Zeitgeist. Das Volkstümliche, das Ursprüngliche, das ohne Absicht, ohne Reflexion aus dem tiefsten Schachte der Innerlichkeit Entsprungene gewinnt sich die Herzen; alles Gekünstelte und Gesuchte, nach Regel und Gebrauch mit kluger Berechnung und Überlegung Gerechtfertigte sinkt in der Schätzung. Vergil wird verachtet, Homer gepriesen, die höfische Kunst wird verurteilt, das Volkslied bewundert. Im solchem Sinne sammelt Percy die altenglischen und schottischen Balladen, giebt Lowth seine Vorlesungen über die heilige Poesie der Hebräer heraus, macht Wood auf die ursprüngliche Kräftigkeit der homerischen Heldengesänge aufmerksam, sammelt in Deutschland Herder die „Stimmen der

Völker in Liedern". Wenn Winckelmann seine „Kunstgeschichte des Altertums", Lessing seinen „Laokoon" schreibt, so entspringt diese Liebe zu den Alten und das ihnen entgegengebrachte Verständnis demselben Zuge zur Natur und Ursprünglichkeit. Diesem Geschlechte springt überall aus frischer Quelle der erquickende Labetrank entgegen; alles verlangt Natürlichkeit und wahre Empfindung. In diese literarisch reich bewegte Welt lässt dann Rousseau seinen Weckruf der Rückkehr zur Natur ertönen.

In diesem Sinne wird dann auch der Mensch das Objekt der Forschung. Man findet, dass es in seiner Natur wie in der Natur der äusseren Dinge unbewusste Triebe giebt, und man bemerkt mit der höchsten Bewunderung, dass gerade diese ihn zu den vollendetsten Schöpfungen anleiten. So entdeckt man den Begriff einer objektiven Vernunft in den Dingen, die ungewollt und ungesucht überall, unabhängig von menschlicher Absicht und kluger Überlegung, das Gesetzliche, das Zweckmässige, das für Leben und Wohlfahrt Förderliche herstelle. Was der Mensch mit seiner Berechnung und seiner Kunst vermag, erscheint gering gegenüber der Macht, die in den Dingen selber liegt, von selbst das Gute und Rechte zu schaffen. Solches Vertrauen zu der in der Welt verbreiteten Vernünftigkeit ist das Ergebnis der Entwickelung, die von Leibniz und seiner Lehre von der „prästabilierten Harmonie" anhebt und sich bei Shaftesbury, Hutcheson, Clarke, Wollaston, Ferguson fortsetzt. Auf der Entwickelungstheorie beruht dann auch der Gedanke, dass die wirtschaftliche Thätigkeit am besten gedeihe, wenn man ohne künstliche Eingriffe sie sich selber überlasse. Die Grundlage dafür bildet die Anschauung, dass es in allen Prozessen des Menschenlebens ohne künstliche Veranstaltungen rein durch die innere Macht der Dinge, gleichsam durch die unwiderstehlichen Gesetze, die die göttliche Vorsehung den Dingen eingeprägt habe, vernünftig, gesetzlich, ordnungsmässig zugehe, und ein Gleichmass aus aller Störung und Trübung sich immer wieder herstelle. Dahin gehören die bedeutungsvollen Arbeiten von Süssmilch,*) Unger**) u. a. Das „Laisser faire, laisser passer" des Physiokraten Gournay hat seine Wurzel in eben diesem Vertrauen, dass die Vorsehung in den Dingen von selbst alles zum besten leite. Aus diesem Ideengange ist auch die wirtschaftliche Theorie des Adam Smith entsprungen. In der Nationalökonomie wie in der Moralphilosophie hatte er seine bedeutenden Vorgänger, deren Resultate er vielfach in sein System übernahm, ohne dass dies sein Verdienst im geringsten schmälerte. Denn mag man über das Mass von Selbständigkeit in Smith's Theorie denken wie man wolle: sicher ist, dass er die Einseitigkeiten vieler seiner Vorgänger in entscheidenden Punkten überwunden, dass er zum ersten Mal der Volkswirtschaft eine klare und feste Grundlage gegeben, dass er das vorhandene Material mit systematischem Geiste durchleuchtet, die Gedanken des Zeitalters in ein konsequentes System gebracht und ihnen dadurch erst ihre unwiderstehliche Macht verliehen hat, durch die sie befähigt wurden, zu einer völligen Umbildung der praktischen Wirtschaftspolitik den Anstoss zu geben. Eben weil er besonders begabt war für seine Zeit, gehört er, wie Neurath***) treffend bemerkt, „zu den wenig Auserwählten unter den Berufenen."

---

*) Süssmilch, Die göttliche Ordnung in der Veränderung des menschlichen Geschlechts, aus der Geburt, dem Tode und der Fortsetzung desselben erwiesen. Berlin 1740. 4. Ausg. von C. J. Baumann. 3 Teile. Berlin 1775.

**) Johann Friedr. Unger, Von der Ordnung der Fruchtpreise und deren Einflusse in (sic!, die wichtigsten Angelegenheiten des menschlichen Lebens. Göttingen 1752.

***) A. Smith im Lichte heutiger Staats- und Socialauffassung. Nach einem Vortrage, gehalten im Wiener kaufmännischen Verein. Wien 1884: S. 6. Ähnlich urteilt: Oncken, Smith in der Cultur-

Dies mag genügen, um den tieferen Zusammenhang der wirtschaftlichen Lehren Adam Smith's mit dem Geiste seines Zeitalters zu bezeichnen. Ganz ebenso wurzeln aber auch seine Anschauungen über die Moral in den Gesinnungen, die damals die Menschen, und nicht bloss in England und Schottland, sondern in der gesamten Kulturwelt beherrschten. Um seine Bedeutung als Moralphilosoph zu verstehen, müssen wir einen Blick besonders auf die Theorieen seiner schottischen Vorgänger werfen.

Die Frage, die in dem Mittelpunkte aller Untersuchungen der schottischen Moralphilosophie steht, ist die: Wie kommt es, dass wir gewisse Handlungen und Zustände billigen oder missbilligen, und worauf begründen sich unsere Urteile über recht und unrecht? Die Methode, deren man sich bei diesen Untersuchungen bedient, ist die von Baco begründete Methode der Beobachtung und Erfahrung. Die Lösung des Problems versuchen zwei sich bekämpfende Schulen zu geben, die man als die utilitarische oder selb-

geschichte. Ein Vortrag. Wien 1874 cf. S. 12; 17; Smith's hohe Bedeutung für die Nationalökonomie heben fast alle einstimmig hervor, so: von Scheel, die politische Ökonomik als Wissenschaft in Schönbergs Volkswirtschaftslehre I, 1885. S. 84, 86; ebenso Kautz, geschichtliche Entwickelung der Nationalökonomie und ihrer Literatur. Wien 1860. S. 413; Eisenhart, Geschichte der Nationalökonomik. Jena 1881. S. 42. Nasse, das 100jährige Jubiläum der Schrift von A. Smith über den Reichtum der Nationen in den Preussischen Jahrbüchern, 1876. S. 384 ff. cf. S. 399: „Das Buch von A. Smith ist das Arsenal gewesen, aus welchem die Kämpfer für wirtschaftliche Freiheit Menschenalter hindurch ihre besten Waffen geholt."

J. E. Erdmann, Grundr. d Gesch. d. Philos. 2. Ausg. II, 109 hebt hervor, dass die Anregungen, die Smith von Hume, Turgot und Gournay erhalten, der Originalität seiner Ideen nicht Abbruch thun, noch viel weniger der Consequenz und der stilistischen Meisterschaft, mit der sie durchgeführt worden sind. Jodl, (Geschichte der Ethik in der neuern Philosophie. Bd. I. 1882) würdigt auch Smith's Bedeutung für die Ethik. Er unterwirft S. 244—257 Smith's Moraltheorie einer eingehenderen, an scharfsinnigen Bemerkungen reichen Besprechung und betont besonders die Bereicherungen, durch tische und die rationalistische Schule zu bezeichnen pflegt. Zur ersten rechnet man Hobbes, Locke, Mandeville und Hume, zur letztern Cumberland, Clarke. Shaftesbury, Butler, Hutcheson.

Hobbes' System hatte unter den Moralisten eine grosse Bestürzung hervorgerufen. Seine Lehre, dass das Gesetz, d. h. der Wille des Herrschers die letzte Quelle und einzige Norm alles Rechts und Unrechts sei, und die menschliche Natur ursprünglich nur von der Selbstsucht getrieben werde, stiess auf den heftigsten Widerspruch. Cumberland, Price, Clarke, Cudworth und Wollaston suchten dem gegenüber darzuthun, dass der Mensch vor allem positiven Gesetze in seinem Intellekt ein Vermögen besitze, vermittels dessen er Begriffe wie recht und unrecht, gut und böse, lasterhaft und tugendhaft zu bilden imstande sei. Vor allem sucht man eine Begründung des Moralgesetzes in der Natur der Dinge. In der Welt als solcher geht es vernünftig zu, und des Menschen sittliches Leben besteht darin, dieser objektiven Natur der Dinge auf Grund der entsprechenden Anlagen in seinem Innern nachzugehen und sie in seinen absichtlichen und gewollten Handlungen zu verwirklichen Clarke sieht in der ewigen und unwandelbaren Natur der Dinge die Gesetze für unser Verhalten, die deshalb zugleich der Wille Gottes sind. Das Wesen der Tugend besteht nach ihm in der "fitness of things", d. h. in derjenigen Behandlung der Dinge, die ihrer eigentümlichen Beschaffenheit angemessen ist, so dass die Harmonie des Weltganzen durch die richtige, der Natur jedes Dinges entsprechende Einordnung in dasselbe nicht gestört werde. Der Mensch ist nach ihm ein sittlich vernünftiges Wesen; seine Pflichten lehrt ihn die besondere Eigentümlichkeit jedes Dinges; Tugendhaftigkeit führt ihn deshalb zur Glückseligkeit. Nach Wollaston besteht Glückseligkeit in der Verwirklichung der Wahrheit. Gut ist jede Handlung, die einen wahren Satz bejaht, schlecht eine solche, die ihn verneint. Unter die Kategorieen wahr und falsch fallen auch alle moralischen Begriffe.

Cumberland hinwiederum stellt als oberstes Moralprinzip das „allgemeine Wohl" auf als das höchste Naturgesetz. Sittlich ist, was dies Wohl befördert, da aus ihm zugleich auch das eigene Wohl des Handelnden hervorgeht. Allerdings ist diese „benevolentia universalis" bei Cumberland noch ein durchaus schwankender Begriff. Man kann darunter jedes Wohl, auch das des eigenen Selbst verstehen, so dass seine Lehre dadurch wieder an Hobbes' egoistische Theorie erinnert.

Weit überragt die genannten Moralphilosophen der Graf von Shaftesbury. Mit seiner Theorie der Affekte giebt er der Ethik eine psychologische Basis; er sucht dadurch die Moral von der Theologie, aber auch vom Naturmechanismus loszulösen. Der Mensch ist ihm die höchste Erscheinungsform des Naturlebens: mit dem animalischen Leben hat er die selbstischen und socialen Triebe gemeinsam; sie sind die natürlichen Affekte, die jedes Individuum, der Mensch in besonders entwickeltem Masse, besitzt, und die zum Wesen der Tugend gehören. Neben diesen „sinnlichen Affekten" besitzt der Mensch aber noch die „rationalen oder Reflexionsaffekte," deren Gegenstände die menschlichen Handlungen und Gesinnungen sind, aus denen diese Handlungen hervorgehn. Sie bestehen in Gefühlen der Achtung und Verachtung in Bezug auf das moralisch Schöne und moralisch Hässliche: in ihnen äussert sich ein der menschlichen Natur angeborener „moralischer Sinn" der uns der Tugend zu folgen, das Laster zu vermeiden antreibt. Sie sind also regierende Principien und machen mit den sympathetischen Affekten das Wesen der Tugend aus. Das Sittliche liegt nach Shaftesbury in der menschlichen Natur, muss aber durch Kultur und Gewöhnung allmählich entwickelt werden. Die Affekte richten sich schliesslich auf das allgemeine Wohl, das auch in Shaftesbury's Ethik das letzte Ziel der Moral ist.

Sein Schüler, der Bischof B u t l e r, setzt an die Stelle des „moral sense" das Gewissen, da dieses, wie er meint, eine grössere Autorität habe. Es ist ihm eine dem Menschen angeborene Fähigkeit, die ihn zum moralischen Wesen mache, der Richter über alle Affekte, der „die Oberaufsicht hat, die Stimme Gottes in uns." Handelt der Mensch im Aufwallen der Leidenschaft, und handelt er gegen das Gewissen, so ist dies nur eine „Usurpation". „Hätte das Gewissen Kraft, wie es Recht hat; hätte es Macht, wie es offenbare Autorität hat: so würde es absolut die Welt regieren." Moralische Billigung und Missbilligung sind nach Butler unabhängig vom Erfolg: Falschheit, Ungerechtigkeit verurteilen wir, Wohlwollen gegen einige billigen wir mehr als das gegen andere, ohne darauf Rücksicht zu nehmen, welche Handlungsweise mehr Glück oder Elend hervorbringen werde. So sehen wir nicht immer darauf, Glückseligkeit hervorzubringen, sondern vielmehr darauf, der Stimme des Gewissens zu folgen. Der Grund hierfür liegt darin, dass der Schöpfer voraussah, „eine solche Konstitution unserer Natur werde mehr Glück zur Wirkung haben, als wenn er uns mit einer Verfassung blossen allgemeinen Wohlwollens gebildet hätte." **)

Der zweite bedeutende Schüler Shaftesbury's ist F r a n c i s H u t c h e s o n. Er knüpft an seines Meisters Lehre von den Reflexionsaffekten an und gebraucht dafür die ausschliessliche Bezeichnung „moral sense". Er ist der uns angeborene Sinn, auf dem die Tugend beruht; er lehrt uns zwischen gut und böse unterscheiden und findet sein Analogon in dem Schönheitssinn.***) Aber während

---

*) Fifteen sermons upon Human Nature, or Man considered as a moral Agent. Sermon II. cf. Gizycki, die Ethik David Hume's in ihrer geschichtlichen Stellung. Breslau 1878. S. 22.

**) Dissertation über die Tugend, cf. Gizycki, a. a. O. S. 23.

***) Die Aesthetisirung der Shaftesbury'schen Reflexionsaffekte ist von Gizycki (a. a. O. S. 26) mit Recht ein Missgriff Hutcheson's genannt worden.

Shaftesbury's Reflexionsaffekte aktiv sind, verhält sich Hutscheson's "moral sense" nur beobachtend und urteilend. So wird ihm das Wohlwollen zum Prinzip alles moralischen Handelns; der "moral sense" hat die Aufgabe, dieses zu billigen und das Gegenteil zu missbilligen. Dieses uninteressierte Wohlwollen entspringt aus der uns angeborenen Sympathie für unsere Mitmenschen und ist für die sittliche Welt, was die Gravitation für die körperliche ist. So hatte Hutcheson gefunden, dass das Kriterium von gut und böse nicht in der Vernunft, sondern im Gefühl liegt. Dies ist dasjenige Resultat seiner Forschung, von dem seine Nachfolger ausgehen.

Fünfzehn Jahre nach dem Erscheinen von Hutcheson's "Inquiry into the Origin of our Ideas of Beauty and Virtue" schrieb H u m e seinen "Treatise of. Human Nature", dessen drittes Buch die Moral behandelt. Auch er geht bei seiner Untersuchung von den Thatsachen der Erfahrung aus und findet, dass das moralische Urteil auf dem Wohlgefallen oder Missfallen beruhe, welches eine Handlung bei dem Zuschauer hervorruft. Er behauptet, dass allen unseren moralischen Gefühlen ein uneigennütziges Princip zu Grunde liege; ein natürliches Wohlwollen, das zum Wesen der menschlichen Natur gehöre, treibe uns dazu an, auf die Interessen anderer Rücksicht zu nehmen. So giebt es uninteressiertes Wohlwollen, und moralische Billigung verdient nur das, was fremdes Wohl befördert. Auf den sympathischen Gefühlen allein beruht die Billigung und Missbilligung. Aus ihnen beurteilen wir erst andere und danach uns selbst, inwiefern unsere eigenen Handlungen und Gesinnungen das Wohl anderer zu befördern streben. Die Tugend beruht auf der Nützlichkeit: gut ist, was der Gesellschaft Nutzen bringt.

Damit sind wir nun bei Adam Smith angelangt. Hume ist sein unmittelbarer Vorgänger und sein offenbares Vorbild. Mit der Betrachtung der Sympathie beginnt auch

Adam Smith seine "Theory of Moral Sentiments":*) er verwirft keines der Systeme seiner Vorgänger gänzlich; sie alle sind auf irgend einem natürlichen Prinzip aufgebaut, und enthielten daher auch an diesem und jenem Punkt eine gewisse Wahrheit, aber sie alle scheinen ihm doch zugleich aus parteiischer und einseitiger Betrachtung der Natur hervorgegangen und könnten darum auf absolute Gültigkeit keinen Anspruch machen.**)

I. Das Moralsystem von Adam Smith besteht in einer Lehre von den Gefühlen und in einer darauf begründeten Ethik und Rechtslehre.

a. Der Ausgangspunkt für Smith ist die Frage: Was ist Tugend? Diese Frage verwandelt sich bei ihm zunächst in die Frage: Was ist der Gegenstand der Billigung? und auf diese gründet er die weitere Frage: Was ist der psychologische Grund solcher Billigung? Die möglichen Antworten sind folgende: Der Grund solcher Billigung ist entweder ein moralischer Sinn, ein natürliches Wohlwollen, oder es ist die Angemessenheit, Vernunftgemässheit der Handlungen, oder endlich es ist die Selbstliebe, und zwar die vorausschauende Klugheit, oder eine unmittelbare Empfindung.

b. Die Ethik fasst Smith als Stillehre des Sittlichen in Analogie mit der literarischen Kritik. Er verwirft dabei die Kasuistik, das Vorschreiben der Handlungsweise für den einzelnen Fall. Die natürliche Rechtslehre scheint ihm das Wichtigste.

* Der vollständige Titel ist: The Theory of Moral Sentiments, or, an Essay towards an Analysis of the Principles by which Men naturally judge concerning the Conduct and Character, first of their neighbours and afterwards of themselves by Adam Smith 1759. Ich habe die VII. Auflage vom Jahre 1792 benutzt, auf welche sich die Stellenangaben im folgenden beziehen. Für die Benutzung des „Wealth of Nations" stand mir die Gesamtausgabe der Werke Smith's von Dugald Stewart, 5 Bde. London 1811. 1812. zur Verfügung und beziehen sich Citate aus dem „Wealth" auf diese Ausgabe.

**) Theory of moral sentiments II, 196.

Nur die Lehre von den moralischen Gefühlen hat Adam Smith ausgeführt. Er hat ursprüunglich eine Lehre von den allgemeinen Principien der Politik und des Rechts im Zusammenhang mit seiner Moraltheorie geben wollen. Davon hat er in seinem "Wealth of Nations" nur ausgeführt: Wirtschaftspolitik, Finanz- und Heerwesen. Die Theorie des Rechtswesens hat er zu geben beabsichtigt, aber er ist daran verhindert worden.*)

Offenbar also hat er seine wirtschaftlichen Theorieen im strengen Zusammenhange mit seiner Moraltheorie zu entwerfen gedacht. Die Frage kann nur sein, wie weit ihm einen solchen Zusammenhang, wie er ihn beabsichtigte, herzustellen gelungen ist. Sein "Wealth of Nations" ist ein Teil der natürlichen Rechtslehre, soweit es sich um Wirtschaftspolitik, Heer und Finanzen handelt: aber er ist zugleich ein Teil der Ethik, sofern es sich um das Thun der Individuen handelt. Aber das ist das Charakteristische und Unterscheidende: hier ist die Rede von Angemessenheit, nicht von Tugendhaftigkeit; in der Angemessenheit liegt hier das, was in der Politik der unparteiische Zuschauer billigen kann.

II. Bevor wir Adam Smith's Moralphilosophie im einzelnen beleuchten, vergönne man uns noch einige Worte über die

---

*) So sagt er in der Vorrede zur VII. Auflage der "Theory of moral sentiments": „In the last paragraph of the first edition, I said that I should in another discourse endeavour to give an account of the general principles of law and government, and of the different revolutions which they had undergone in the different ages and periods of society, not only in what concerns justice, but in what concerns police, revenue, and arms, and whatever else is the object of law. In the "Inqury concerning the Nature and the Causes of the Wealth of Nations", I have partly executed this promise; at least so far as concerns police, revenue and arms. What remains, the theory of jurisprudence, which I have long projected, I have hitherto been hindered from executing"...

Also Smith bekannte sich offenbar noch nach der Abfassung des "Wealth" zu der "Theory."

obersten Principien, von denen er bei seinen Untersuchungen ausgeht:

1) Adam Smith erforscht in der Moralphilosophie das was ist, in der Absicht zu zeigen, was sein soll. Er beobachtet das Wirkliche mit dem Interesse zu zeigen, wie der Mensch handeln muss, damit es vernünftig zugehe. 2) Seine Voraussetzung ist die: Der Ursprung der ganzen Erscheinung liegt nicht in der Vernunft, sondern im Gefühl; Lust und Schmerz bilden die Grundlagen für die Erscheinungen des Sittlichen. Alle ursprünglichen und natürlichen Gefühle sind an sich rechtmässig. Deshalb will er 3) die Gefühle darstellen, wie sie wirklich beobachtet werden und zwar nach seinem Gesichtskreis, also beim gebildeten Durchschnittsengländer seiner Zeit. Daher kommt ihm der Gedanke nicht, dass diese Gefühle selbst sich historisch gebildet haben; sie gelten ihm als die natürliche Ausstattung des menschlichen Geschlechts von universeller und unbedingter Gültigkeit. Die Empfindung entwickelt sich zu Urteil, das sich durch Induktion vernünftig begründet und wird so zur praktischen Vernunft, die im Einzelnen das Allgemeine sieht. So wird der Mensch verallgemeinert und die Situation verallgemeinert, und es bilden sich allgemeine Maximen. 4) Smith's Grundgedanke lautet: Alle Menschen sind von Natur gleichwertig (I. 466 f).*) Darum ist ausschliessender Egoismus unberechtigt. Von Natur hat jeder Teilnahme mit jedem, nur abgestuft nach dem Grade der Nähe, in der er zu verschiedenen

---
*) Die Stelle lautet übersetzt so:
„Als die Vorsehung die Erde unter wenige Eigentümer verteilte, so liess sie doch diejenigen, die bei der Verteilung übergangen zu sein schienen, nicht leer ausgehn, sie vergass sie nicht; in dem was die wahre Glückseligkeit des menschlichen Lebens ausmacht, sind sie auf keine Art unter denen, die über sie so sehr erhaben scheinen. In dem guten Zustande des Körpers, in der Ruhe der Seele sind fast alle verschiedenen Klassen der Menschheit sich gleich, und der Bettler, der sich an der Heerstrasse sonnt, besitzt jene Sicherheit, für welche Könige fechten." ... „Die Reichen haben nichts voraus als aus dem Haufen das Kostbarste und Beste für sich auszuwählen."

Menschen steht. (I, 205). Aus diesem Grunde weist er ab das Prinzip der Nützlichkeit für das menschliche Handeln (I, 476) und ebenso das Princip des "moral sense".

Jeder beurteilt den andern nach sich, sich selbst nach dem andern (I, 2: I, 30). Daraus ergiebt sich ihm die Anforderung an jeden: ein jeder soll den Standpunkt des unparteiischen Zuschauers einnehmen, und das ist ihm zugleich der Standpunkt des inneren Menschen, des Gewissens, der Standpunkt der durch Induktion aus der Erfahrung abgeleiteten Regeln, weiter der Standpunkt des Gehorsams gegen die Gebote Gottes. Dass er damit thatsächlich den Standpunkt der praktischen Vernunft einnimmt, hat Smith weder klar erkannt, noch ausgesprochen. Auch Moral und Recht deutlich zu unterscheiden, gelingt ihm nicht; er macht nur einen Unterschied von Angemessenheit des Handelns und Verdienstlichkeit.

Adam Smith betont die natürliche Empfindung, die Neigung, den Affekt, im Gegensatz zu kalter Achtung und Gesetzlichkeit: darin liegt der Hauptgegensatz zu Kant. Er betont dafür den Gegensatz zwischen moralischer Empfindung und selbstischem Trieb. Er kennt eine moralische Anlage, die der Mensch von Natur hat, die aber nicht auf gleichem Niveau mit den andern Trieben und Anlagen steht. Sie richtet die andern, ohne von ihnen gerichtet zu werden: sie ist die herrschende Instanz im Menschen.

III. In der Durchführung seines Princips behandelt er so A) den Begriff der Angemessenheit; B) den von Verdienst und Schuld: C) das Princip der Selbstbeurteilung und das Pflichtgefühl; er untersucht sodann D) den Einfluss des Nützlichen auf die Billigung, den Einfluss der Gewohnheit und des Brauchs und endlich zeichnet er E) das Wesen der Tugend.

A. Der Begriff der Angemessenheit.

Es ist schon oben bemerkt worden, dass Smith von dem Begriff der Sympathie ausgeht. Im Grunde ist dies der Kantische Gesichtspunkt der praktischen Vernunft, übersetzt in die psychologische schottische Form. Nach Kant giebt es in uns ein apriorisches allgemeines Gesetz des Handelns, worin wir als Vernunftwesen alle übereinstimmen, und das Kennzeichen dieses Gesetzes ist die Widerspruchslosigkeit bei der Verallgemeinerung. Bei Smith stellt sich das so, dass jeder imstande ist, sich in die Lage des anderen zu versetzen und aus dieser Lage heraus ein allgemeingültiges Urteil über die Art des Handelns zu fällen. Der vernünftige Massstab, der an das Handeln gelegt wird, kleidet sich bei Smith in die Form des Gefühls, während es sich in der That um eine Form des Urteils handelt.

Die Sympathie liegt nach Smith ursprünglich in der menschlichen Natur begründet. Durch sie ist unter Menschen ein moralischer Verkehr möglich; sie ist, wie Oncken*) es ausdrückt gewissermassen „das Medium, der Leitdraht, vermöge dessen dieser Verkehr bewerkstelligt wird", sie ist darum aber nicht der Beweggrund alles moralischen

---

* Adam Smith und Imanuel Kant. I. 1877 S. 100. 102. Oncken versucht in diesem Buche, Smith's Lehre mit derjenigen Kant's zu parallelisieren und zu zeigen „wie diese beiden grossen Philosophen, welche als geistige Leuchttürme am Wendepunkte zweier Zeitalter dastehen, und wiewohl von entgegengesetzten Standpunkten ausgehend, zu einer Übereinstimmung ihrer Systeme gelangt sind, wie sie wohl einzig in der Geschichte des menschlichen Gedankens dasteht" (Vorrede VIII f.) Vieles was Oncken sagt, ist vortrefflich, besonders seine Verteidigung Smith's gegen den Vorwurf des Materialismus und des Egoismus (Absch. VI). Aber Oncken geht, wiemir scheint, in seiner Parallelisierung zu weit; auch hat er den Zusammenhang der"Theory" mit dem "Wealth" nicht scharf erkannt. Seine Vermutung, Kant habe von Smith Anregungen erhalten, gewinnt an Wahrscheinlichkeit, wenn man berücksichtigt, dass es nicht nur die bekannte deutsche Übersetzung der "Theory" von Kosegarten giebt (1792), (die Oncken übrigens entgangen ist S. 103) sondern sogar schon eine solche vom Jahre 1770, von einem unbekannten Verfasser nach der III. engl. Ausgabe verfertigt. Dieselbe finde ich in der gesamten Literatur über Smith nirgends erwähnt. Sie ist erschienen in der Manz'schen Buchhandlung in Braunschweig; ein Exemplar derselben befindet sich in der Königl. Bibliothek zu Berlin.

Handelns, „sie ist ein passiver Zustand, in welchen sich ein Individuum durch den Anblick des Zustandes einer andern Persönlichkeit versetzt fühlt." Fremdes Glück ist für mich notwendig, damit ich daran Freude habe; die Sympathie erhöht die Freude und erleichtert den Kummer (I, 18). Wir versetzen uns durch die Einbildungskraft in die Lage des andern und können uns dadurch eine Vorstellung von seinen Empfindungen machen, wir werden gewissermassen er selbst (the same person with him I, 3) So ist z. B. auch das Mitgefühl mit der Lage der Toten der Grund der Todesfurcht.

Diese Sympathie kann jedoch in keinem Sinne als ein selbstisches Prinzip angesehen werden (II, 330). Jeder wünscht sie zu erregen. „Der Mensch wünscht nicht allein geliebt zu werden, sondern auch liebreich zu sein, d. h. der Gegenstand zu sein, welcher das natürliche und geeignete Objekt der Liebe ist; er fürchtet nicht allein gehasst zu werden, sondern auch hassenswert zu sein (I 284)". Das Streben nach Billigung, Ehrgeiz und Eitelkeit sind die ursprünglichen Triebfedern als Handelns, nicht das nach Wohlstand und Glück (I, 147). Das grösste Glück ist das, sich geliebt zu wissen. „Welche Glückseligkeit, ruft unser Philosoph aus, (I. 284) „ist so gross, als geliebt zu werden und zu wissen, dass man es verdient?" welches Elend so gross, als gehasst zu werden und zu wissen, dass man es verdient?

b. Wiewohl wir Gefallen daran finden, mit jemandes Empfindungen zu sympathisieren, so giebt es doch auch solche, für die wir keinerlei Sympathie haben. Hören wir beispielsweise jemanden über seine Unglücksfälle sich laut beklagen, die doch unserer Empfindung nach, auch wenn wir uns in seine Lage versetzen, keinen so heftigen Eindruck machen können, so ist uns sein Klagen zuwider, und wir nennen es, weil wir nicht daran teilnehmen können, Kleinmut und Schwachheit (I, 21). Mit kleinen Verdriesslichkeiten sind wir daher nie geneigt zu sympathisieren, während tiefer Kummer unser stärkstes Mitgefühl hervorruft.

c. Es giebt eine Freude der erwiderten Sympathie. Wir freuen uns, wenn wir mit unseres Nächsten Glück und Kummer sympathisieren können, und es schmerzt uns, wenn wir es nicht können; ja das Bewusstsein von unserer Unfähigkeit, sein Unglück mitempfinden zu können, ist uns weit schmerzlicher als der Kummer, den uns sein Unglück selbst bereiten würde. Daraus ergeben sich weitere Ableitungen:

d. Wir teilen lieber Freude mit als Leid, empfinden mehr Teilnahme für jene, als für dieses,*) verlangen mehr Teilnahme für Freundschaft als für Groll.

e. Unser Urteil über die Angemessenheit einer Handlung beruht nicht ursprünglich auf der Wahrnehmung des Nutzens, den sie hervorbringt, sondern wir urteilen über Angemessenheit der Empfindung anderer auf Grund der Uebereinstimmung derselben mit der unsrigen. „Wenn die ursprünglichen Leidenschaften desjenigen, der durch irgend einen Vorgang betroffen wird, mit den sympathischen Regungen des Zuschauers in vollkommener Harmonie stehen, so hält dieser sie notwendig für schicklich und angemessen" (I, 23). Die Wahrnehmung dieser Übereinstimmung ist nun nach Smith der Grund moralischer Billigung.

f. Aber die sympathetischen Gefühle sind schwächer, als die ursprünglichen, durch die die Sympathie erregt wird, das Spiegelbild so zu sagen weniger hell als das

---

*) I, 95 f: Wir sympathisieren mit kleinen Freuden und grossem Kummer am meisten. Freude ist eine angenehme Gemütsbewegung, und wir überlassen uns ihr gern, die Veranlassung mag auch noch so klein sein. Wir sind daher allemal geneigt, mit ihr zu sympathisieren, wenn wir sie bei andern sehen, falls wir nicht durch den Neid gehindert werden; Traurigkeit aber ist unangenehm und auch bei unsern eignen Unglücksfällen widerspricht ihr die Seele und flieht vor ihr" I, 99).

Original. Bei jener imaginären Versetzung in die Lage des andern, die doch nur eine zeitweilige ist, (I, 38) vermag der Zuschauer doch nicht zu derselben Stärke der Empfindung zu kommen, wie sie der Leidende selbst hat. Er weiss, dass er eben nur Zuschauer und nicht der Leidende selbst ist. Um daher Sympathie zu finden, muss der andere seine Empfindung herabstimmen bis sie zur unsrigen, zu der des Zuschauers stimmt; d. h. der andere muss sich in die Lage hineinversetzen, als wäre er nur Zuschauer einer Lage wie die seinige ist. Das Kriterium demnach, nach welchem wir die Angemessenheit einer Empfindung oder Handlung billigen, besteht darin, dass wir uns in den Standpunkt des unparteiischen Zuschauers versetzen. Haben wir dessen Sympathie, so sind die Handlungen angemessen, haben wir sie nicht, so sind sie unangemessen.

g. Daher giebt es zwei Arten von Tugenden, liebenswürdige, die auf Mitgefühl, achtungswürdige (awful, respectable), die auf Minderung des eigenen Gefühls begründet sind (I, 44 f). Zu den erstern zählt Smith die Menschenfreundlichkeit, die Liebe, das Wohlwollen; zu den letzteren die Selbstbeherrschung, die Standhhaftigkeit, die Mässigung. Jene verwirklichen gewissermassen den sympathetischen Trieb des Menschen, diese ziehen dem Egoismus seine Schranken. Der Vernunft liegt die Aufgabe ob, die Leidenschaften so zu regulieren, dass sie der Würde der menschlichen Natur entsprechen.*)

h. Vorschrift also ist: Liebe dich nur wie deinen Nächsten, nur wie der Nächste dich zu lieben vermag. Viel für andere, wenig für uns selbst zu empfinden, macht die Vollkommenheit der menschlichen Natur aus (I, 47).**)

---

*) In der Beschreibung der einzelnen Tugenden erinnert Smith an Aristoteles; auch er definiert jede Tugend als das Mittehalten zwischen zwei Extremen.

**) Ähnlich I, 374 f: The man of the most perfect virtue, the man whom we naturally love and revere the most is he who joins, to the most perfect command of his own original and selfish feelings, the most exquisite sensibility both to the original and sympathetic feelings of others.

i. Bei den Gefühlen wird nur der Grad gebilligt, mit welchem der unparteiische Zuschauer übereinstimmen kann. Diejenigen Gefühle, die in dem Körper ihren Ursprung haben, erwecken gar keine Sympathie oder doch in solchem Grade, der zu der Lebhaftigkeit, mit der sie der Leidende empfindet, in gar keinem Verhältnis steht (I, 59). Die ungeselligen Leidenschaften, Zorn und Rache erregen wenig Sympathie, da sie sich bei ihnen zwischen der Person teilt, die die Leidenschaften empfindet, und der, die ihr Gegenstand ist (I, 74). Doppelte Sympathie dagegen erwecken die geselligen Leidenschaften, (Edelmut, Menschlichkeit, Freundschaft), weil die Sympathie des Zuschauers mit dem, der diese Gefühle hegt, in genauem Verhältnis mit dem Anteil steht, den er an demjenigen nimmt, der ihr Gegenstand ist. In der Mitte zwischen den geselligen und ungeselligen Leidenschaften stehen die selbstischen, Kummer und Freude über unser eigenes Glück oder Unglück. Diese sind, auch wenn sie übertrieben werden, nicht so unangenehm wie übertriebener Zorn, weil keine entgegengesetzte Sympathie uns gegen sie einnehmen kann; andrerseits sind sie nie so angenehm, wie die geselligen Affekte, da keine doppelte Sympathie sie verstärkt (I, 93 f).

k. Sonach ist nicht alles Angemessene tugendhaft z. B. essen, wenn man hungrig ist. Tugend ist ein hervorragender Grad von Angemessenheit.*) Daher giebt es zwei Massstäbe des Urteils, die Vollkommenheit und das durchschnittliche Mittelmass. Was darüber hinausgeht, verdient Lob; was dahinter zurückbleibt, Tadel.

B. Verdienst und Schuld.

a. Angemessenheit und Unangemessenheit bezeichnen nach Smith nur das Verhältnis der Handlungen zu ihrer Ursache; ihre Beziehung zur Wirkung drücken die

---

*) Virtue is excellence, something uncommonly great and beautiful, which rises far above what is vulgar and ordinary I, 48.

Begriffe Verdienst (merit) und Schuld (demerit) aus. Verdienstlich ist eine Handlung, die Wohlfahrt zu befördern, strafwürdig eine solche, die Unglück herbeizuführen bezweckt. Aber es müssen dabei auch

b. die Beweggründe ins Auge gefasst werden. Erst wenn diese die Billigung des „unparteiischen Zuschauers" haben, ist die Handlung eine verdienstliche zu nennen, eine strafwürdige, wenn die Motive von ihm gemissbilligt werden. (I, 179 f.)*)

c. Das Gefühl der Dankbarkeit und der Ahndungstrieb**) sind die in der menschlichen Natur liegenden Principien, die uns unmittelbar zur Belohnung antreiben. Sonach

d. entspringt das Gefühl des Verdienstes, wo man mit der Dankbarkeit dessen sympathisieren kann, dem eine aus angemessenen Beweggründen entsprungene Handlung zu gute kommt; das Gefühl der Schuld ergiebt sich aus der Sympathie mit dem Groll (resentment) desjenigen, der unter den Folgen einer aus unangemessenen Motiven herrührenden Handlung zu leiden hat (I, 184). Das Gefühl des Verdienstes besteht daher 1. aus einer direkten Sympathie mit dem Motiven des Handelnden 2. aus einer indirekten Sympathie mit der Dankbarkeit dessen, auf den sich die Handlung erstreckt. Ebenso setzt sich das Gefühl der Schuld zusammen 1. aus einer direkten Antipathie gegen die Motive des Handelnden, 2. aus der indirekten Sympathie mit dem Unwillen des durch die Handlungen Betroffenen (I, 185).

e. Der Trieb zur Dankbarkeit und der Ahndungstrieb sind so bei Smith die beiden Seiten des Vergeltungstriebes,

---

*) cf. auch I, 232.
**) Dies Wort ist die von Gizycki a. a. O. S. 203 Anm. 4) vorgeschlagene aber leider nur für einzelne Stellen ganz zutreffende Übersetzung für das im Deutschen schwer wiederzugebende englische Wort „resentment", das Smith hier anwendet.

der uns von der Natur zum eignen Wohl und dem der Gesamtheit eingepflanzt ist. Wie Dankbarkeit gefällt, ist auch Bestrafung ungereizter Bosheit angemessen, verdienstlich, zum Bestande der Gesellschaft erforderlich. Darum hat der Mensch ein ihm von der Natur eingeprägtes unmittelbares, instinktartiges Wohlgefallen an einer solchen Bestrafung, die geignet ist, die Wohlfahrt der Gesamtheit zu erhalten und „der Schöper der Natur hat es nicht erst seiner Vernunft überlassen, es erst ausfindig zu machen, dass eine gewisse Anwendung von Strafen das geeignete Mittel ist, diesen Zweck zu erreichen" (I, 190).

f. Von Natur ist jeder Mensch Egoist, aber er fühlt, dass nur aus egoistischen Motiven entspringende Handlungen nicht die Zustimmung des Zuschauers erlangen können. Will er dies, so muss er den Stolz der Eigenliebe demütigen, sie soweit in Schranken halten, dass der unparteiische Zuschauer ihm darin nachkommen kann (I, 207). Wohlverstanden, er darf also nach Smith den Egoismus nicht gänzlich dem Altruismus opfern; denn jeder Mensch ist, wie unser Philosoph wiederholt betont, unstreitig von der Natur zuerst und hauptsächlich seiner eigenen Fürsorge empfohlen;*) nur gegen den ausschliessenden Egoismus wendet sich Smith: denn „seinen Vorteil auf Kosten anderer durchzusetzen scheint ihm der Natur mehr zuwider zu sein, als der Tod (I, 340). Daher ist

g. Gerechtigkeit die Haupttugend, deren Ausübung die Selbstliebe einschränkt und darum den Bestand der Gesellschaft sichert und Leben, Eigentum und die persönlichen Rechte jedes Individuums schützt. (I, 208 f., 224.) Die Verletzung der Gerechtigkeit straft sich an dem Einzelnen durch das Gefühl der Schuld, durch die Qual der

---

*) Die Stellen, in denen Smith den berechtigten Egoismus anerkennt, sind:
Theory of moral sentiments: I. 38; I. 205; I. 333; I. 338; II. 138; I. 435; Wealth of Nations (in der Gesamtausgabe der Works by Dugald Stewart) II. 21; IV. 153; III, 19; III. 177 f. III. 319.

Gewissensbisse, an der Gesellschaft durch den Umsturz dieses unermesslichen Gebäudes, das aufzubauen und zu erhalten die Lieblingssorge (peculiar and darling care of nature I, 215) der Natur war." Ohne Wohlthätigkeit kann die Welt bestehen, nicht aber ohne Gerechtigkeit. Deshalb ermuntert die Natur zur Wohlthätigkeit durch das schmeichelnde Bewusstsein verdienter Belohnung (I, 215), aber zur Gerechtigkeit durch das erste und ursprünglichste Bedürfnis der Selbsterhaltung.

h. Wohlthätigkeit ist daher eine positive, Gerechtigkeit eine negative Tugend. „Wir können zuweilen alle Pflichten der Gerechtigkeit erfüllen, wenn wir still sitzen und gar nichts thun (I, 203).

i. Unser Urteil über die Handlungen der Menschen entspricht nicht immer den Grundsätzen, die wir uns über Angemessenheit und Unangemessenheit, Verdienst und Schuld gebildet haben. Oft entscheidet auch der zufällige Erfolg. Löbliche Handlungen verringern unser Gefühl von Verdienst und Schuld, wenn die beabsichtigten Wirkungen ausgeblieben sind, unangemessene werden weniger gemissbilligt, wenn sie von Erfolg begleitet sind (I, 243; 264.) Wir rechnen auch den zufälligen Erfolg jemandem zum Verdienst an und loben seine Klugheit, und wir sind geneigt, jemanden der Ungeschicklichkeit zu beschuldigen, sofern seine Bemühungen resultatlos sind.

k. Gegenstände menschlicher Bestrafung sind daher nur solche Handlungen, die ein wirkliches Übel hervorbringen (I, 266 f), Absichten und Gesinnungen dagegen unterliegen nicht irdischer Gerichtsbarkeit.

C. Das Princip der Selbstbeurteilung und das Pflichtgefühl.

a. Selbstbeurteilung ist nach Smith nur dadurch möglich, dass wir uns unseren eigenen Handlungen gegenüber als unparteiischer Zuschauer verhalten. Dies geschieht wiederum dadurch, dass wir unsere natürliche Lage verlassen, unsere Handlungen und Beweggründe in einer gewissen Entfernung von uns betrachten, sie mit den Augen anderer sehen, so wie sie sie sehen würden. Daher muss unsere Selbstbeurteilung eine gewisse geheime Beziehung zu den Urteilen anderer haben, d. h. zu denen, die sie wirklich fällen, oder nach unserer Meinung fällen sollten.

b. So entstehen unsere moralischen Urteile wie die ästhetischen. Wie wir ohne Verkehr mit den Menschen gegen Schönheit und Hässlichkeit indifferent sein würden, so könnten wir zwischen Angemessenheit und Unangemessenheit unserer Handlungen nicht unterscheiden ohne die Wirkungen derselben auf andere wahrzunehmen. Die Gesellschaft ist so gewissermassen der Spiegel, durch welchen wir mit fremden Augen über die Angemessenheit unseres eigenen Verhaltens urteilen lernen (I, 281).

c. Die Quelle innerer Ruhe und der Selbstschätzung einerseits, der Unruhe und Selbstverurteilung andererseits ist demnach das Bewusstsein, der Gegenstand des Lobes, bezw. des Tadels anderer zu sein.

d. Das Bewusstsein der Übereinstimmung oder Nichtübereinstimmung unserer Handlungen mit den Empfindungen anderer macht das gute oder böse Gewissen aus. Zu einem guten Gewissen gehört aber auch zugleich das Gefühl des Lobes anderer würdig zu sein (praiseworthy), zum bösen, den Tadel anderer zu verdienen. Über grundlosen Beifall sich zu freuen ist ein Beweis von Leichtsinn und Schwäche, ein Beweis der Eitelkeit, die die Ursache lächerlichster und verächtlichster Laster ist (I. 288). Andererseits gewährt auch bei ausbleibender Anerkennung der Gedanke Befriedigung und Trost, dass unser Verhalten es verdient hätte, und den Regeln gemäss war, nach denen Ruhm und Beifall gewöhnlich ausgeteilt werden (I. 289).

e. Jeder Mensch wünscht Gegenstand der Liebe und Bewunderung, nicht des Hasses und der Verachtung zu sein. Er fürchtet sich davor, tadelnswert zu sein, ohne Rücksicht auf allen Tadel, der ihn treffen könnte. Die kommenste Sicherheit, dass kein Auge unsere Handlung gesehen hat, hindert uns nicht daran, sie so anzusehen, wie sie der unparteiische Zuschauer angesehen haben würde, würde er zugegen gewesen sein.

f. Viele Menschen sind besorgt, Lob zu erwerben, nicht des Lobes wert zu sein, viele vermeiden nur den Tadel, selbst wenn sie fühlen, tadelnswert zu sein. „Viel Besorgnis um Lob zu haben, selbst für lobenswerte Handlungen, ist selten ein Zeichen grosser Weisheit, sondern gewöhnlich eine Art Schwäche, aber besorgt sein, jede Spur von Tadel oder Vorwurf zu vermeiden, ist keine Schwachheit, sondern häufig die lobenswerteste Klugheit (I, 320).

g. Es giebt zwei Gerichtshöfe gleichsam, die über unsere Moralität entscheiden: der erste ist der der Welt (the man without), der zweite der der eigenen Brust (the man within), an den wir appellieren können, wenn uns der erste mit seinem Urteil unbefriedigt lässt. Nur diese innere Stimme des eigenen Gewissens entscheidet über unser Verhalten, hält unsere selbstischen Gefühle in Zaum, dieser Richter ist es, der uns, wenn wir im Begriffe stehen, so zu handeln, dass wir der Glückseligkeit anderer zu nahe treten, mit einer Stimme, vor der auch die kühnsten und gewaltigsten unter den Leidenschaften erzittern müssen, zuruft, dass wir nur einer aus der Menge sind, um nichts besser, als jeder andere in ihr, und dass wir, wenn wir so schändlich und so blind uns andern vorziehn, die eigentlichen Gegenstände des Unwillens, des Fluchs, des Abscheus werden (I, 337).

h. Zwei Gelegenheiten giebt es, bei denen wir der Selbsttäuschung ausgesetzt sind: 1. wenn wir uns zu einer Handlung entschliessen, 2. wenn wir die vollbrachte That prüfen. Den Entschluss zur Handlung bestimmen vielfach Leidenschaften, die uns hindern, unser Vorhaben mit der Unparteilichkeit des Zuschauers zu betrachten; nach geschehener That sind zwar die Leidenschaften gestillt, aber dennoch täuschen wir uns über ihre Angemessenheit, wir sind nicht unparteiisch. „Es ist so unangenehm schlecht von sich zu denken", bemerkt unser Philosoph, „dass wir oft absichtlich unsere Augen von den Umständen abwenden, die dieses Urteil ungünstig machen könnten" . . . „Wir wenden allerlei Kunstgriffe an, unsern eingeschlafenen Hass wieder aufzuwecken, unsern vergessenen Zorn wieder zu reizen" . . . Wir verharren in Ungerechtigkeit, bloss weil wir einmal ungerecht waren, und weil wir uns schämen und fürchten einzusehen, dass wir es waren (I, 391 f).

i. Dieser Selbstbetrug, nach Smith die Quelle der Hälfte alles menschlichen Elends,*) findet jedoch ein Gegengewicht in dem Einfluss und der Autorität, die die „allgemeinen Regeln" (general rules) über unser Handeln haben. Sie beruhen auf Erfahrung, entstehen allmählich durch fortwährende Übung unseres Urteils an dem Verhalten unseres Nächsten. Sie sind der letzte Grund der Entscheidung zwischen angemessen und unangemessen, zwischen recht und unrecht.

k. Die Befolgung dieser allgemeinen Regeln, die Ehrfurcht gegen sie macht das P f l i c h t g e f ü h l aus, „das wichtigste Princip des menschlichen Lebens, das einzige, wonach der grosse Haufe seine Handlungen zu bestimmen imstande ist (I, 402).

l. Die Autorität dieses Pflichtgefühls, die Verbindlichkeit dieser „allgemeinen Regeln" wird noch dadurch erhöht, dass sie als Gesetze Gottes angesehen werden, eine Meinung, die nach unserm Philosophen durch die Natur dem Menschen zuerst eingepflanzt, danach aber durch die Philosophie bestätigt worden ist; (I, 405) durch die Natur, denn es war für die Glückseligkeit der Menschen gar zu wichtig, dass durch die Mahnungen der Religion das natürliche Gefühl von Pflicht noch mehr eingeschärft wurde, als dass es sich der Langsamkeit und Ungewissheit philosophischer Untersuchung allein anvertrauen sollte (I, 410).

---

*) the source of half the disorders of human life I, 393.

m) Rücksicht auf die allgemeinen Regeln darf aber nicht in allen Fällen das einzige Princip unseres Handelns sein. Wohlwollende Handlungen sollen mehr aus wohlwollender Neigung, als aus Pflicht geschehen, Strafe mehr aus dem Gefühle der Angemessenheit als unter Bezugnahme auf die Sühne, die die allgemeine Regel für jede Bestrafung vorschreibt; die selbstischen Gefühle sollen im allgemeinen der Controle der allgemeinen Regeln unterliegen: wo es sich aber um für unser Eigenleben wichtige Dinge handelt, soll auch der Eifer unser Handeln beseelen (I, 433 f), natürlich ohne dass wir unsere Rechtssphäre überschreiten.

n. Die allgemeinen Regeln sind nicht genau abgegrenzt. Die Regeln, die die Pflichten der Klugheit, der Dankbarkeit bestimmen, erleiden unter Umständen Modifikationen und Ausnahmen. Die Gerechtigkeit allein ist bestimmt, „ihre Regeln sind den Regeln der Grammatik vergleichbar, die keine Ausnahme zulassen, die Regeln der andern Tugenden sind Regeln, wie sie Kunstrichter geben, um das Erhabene und Zierliche in der Composition zu erreichen" (I, 442).

D. Einfluss des Nützlichen auf die Billigung; Einfluss der Gewohnheit und des Brauchs.

a. Der Einfluss der Nützlichkeit.

Wie die Nützlichkeit eine Hauptursache unseres ästhetischen Wohlgefallens ist, so ist der Nutzen auch in gewissem Sinne bestimmend für moralische Billigung. Aber er ist bei Smith doch nur e i n e Ursache, nicht die Ursache schlechthin, nämlich nur insofern als die Nützlichkeit einer Handlung unser Gefühl von Verdienst und Schuld beeinflusst.*) So weit stimmt unser Philosoph mit seinem Freunde

---

*) Dugald Stewart hält diesen Teil von Smith's Theorie für den schätzenswertesten Gewinn, den die Wissenschaft der Ethik durch Smith erfahren hat. cf. Bd. V der Works of A. S. (Essays and Life of A. S.) S. 437: „The explanation which he (Smith) gives

Hume überein: aber er verwirft dessen Lehre, dass der Nutzen allein den Wert moralischer Handlungen bedingt. Er betont ausdrücklich, „dass die Natur unser Gefühl für Lob und Tadel nach dem Nutzen sowohl des Individuums als auch der Gesellschaft glücklich abgemessen und geordnet hat; aber die Betrachtung dieser Nützlichkeit oder Schädlichkeit ist nicht die erste und vornehmste Quelle unseres Beifalls und unseres Tadels (I, 476). Denn erstens ist es unmöglich, dass die Billigung der Tugend eine Empfindung ähnlich der sein sollte, mit welcher wir ein gut eingerichtetes Haus billigen, und zweitens, schliesst die Empfindung des Beifalls jeder Zeit ein Gefühl von Angemessenheit in sich, das von den Vorstellungen des Nutzens gänzlich verschieden ist.

Noch an einer andern Stelle*) charakterisiert Smith seinen Standpunkt dem Hume'schen gegenüber. Dort heisst es: „Diesem System (dem Hume'schen) gemäss werden alle Eigenschaften des Geistes, welche angenehm oder vorteilhaft sind, entweder der Person selbst oder andern, als tugendhaft gebilligt, die entgegengesetzte als lasterhaft gemissbilligt. Aber die Annehmlichkeit oder Nützlichkeit einer Neigung hängt von dem Grade ab, in welchem man sie einschränkt (which it is allowed to subsist in). Jede Neigung ist nützlich, wenn sie auf einen gewissen mässigen Grad beschränkt ist, und jede Neigung ist schädlich, wenn sie die eigentlichen Grenzen überschreitet. Deshalb besteht nach diesem System die Tugend nicht in irgend einer bestimmten Neigung, sondern in dem schicklichen Grad aller Neigungen. Der einzige Unterschied zwischen jenem System und dem, welches ich aufzustellen versucht habe,

---

of it (the importance and difficulty of the irregularity of our moral sentiments) is not warped in the least by any pecularity in his own scheme; and I must own, it appears to me to be the most solid and valuable improvement he has made in this branch of sience".
*) Nämlich in der Kritik des Humeschen Systems im VII. Cap. der Theory of m. s. II, 299 f. Wie zu Hume, so steht Smith auch im Gegensatz zu seinen Nachfolgern Jeremy Bentham und J. St. Mill.

ist der, dass es die Nützlichkeit, und nicht die Sympathie oder den entsprechenden Affekt des Zuschauers zum natürlichen und ursprünglichen Massstab dieses schicklichen Grades macht."

Das Gefühl moralischer Billigung entspringt nach Smith, wie wir aus einer spätern Stelle erfahren*) aus vier verschiedenen Quellen: 1. Wir sympathisieren, wenn wir einen Charakter oder eine Handlung billigen, mit den Motiven des Handelnden; 2. nehmen wir an der Dankbarkeit derer teil, welche die Wohlthat seiner Handlungen empfangen; 3. bemerken wir, dass sein Verhalten den allgemeinen Regeln, nach welchen diese beiden Sympathieen gewöhnlich sich äussern, gemäss gewesen ist, und 4. wenn wir diese Handlungen als einen Teil des Systems eines Verhaltens betrachten, das gerade darauf abzielt, die Glückseligkeit der Gesellschaft oder ihrer einzelnen Mitglieder zu befördern, so scheint sie aus dieser Nützlichkeit eine Schönheit zu erhalten, die derjenigen nicht ungleich ist, welche wir einer gut eingerichteten Maschine zuschreiben."

So findet Smith, dass der Einfluss, den die Erkenntnis der Nützlichkeit einer Eigenschaft oder Handlung auf unsere Gefühle hat, lediglich ein ästhetisches Gefallenfinden an der blossen Angemessenheit von Mitteln zu Zwecken ist.**)

Nach Hume gefällt die Nützlichkeit einer Sache dem Besitzer, weil sie ihm beständig das Vergnügen oder die Bequemlichkeit, die sie zu befördern geeignet ist, vorhält. Nach Smith wird diese Angemessenheit, diese glückliche Einrichtung eines Kunstwerks höher geschätzt als der Zweck, den es befördern soll, und die genaue Abmessung der Mittel zur Erreichung einer Bequemlichkeit oder eines Vergnügens wird oft mehr geachtet als diese Bequemlichkeit oder dies Vergnügen selbst (I. 453 f).

---

*) II, 355 f.
**) Gizycki, a. a. O. S. 216.

b. **Der Einfluss der Gewohnheit und des Brauchs.**

Wie der zufällige Erfolg oft unser Urteil beeinflusst und sogar das Kriterium moralischer Billigung werden kann, so haben auch Gewohnheit und Brauch mancherlei Einfluss auf die moralische Billigung. Die Verschiedenheit der Urteile über recht und unrecht, löblich und tadelnswert, die wir zu verschiedenen Zeiten bei verschiedenen Völkern gewahren, findet hierin ihre Erklärung. Allein der Einfluss jener beiden Principien erstreckt sich zunächst auf ästhetische Urteile (Urteile über Putz und Kleidung, Bauwerke, poetische und musikalische Schöpfungen, körperliche Schönheit). Weit geringer ist ihr Einfluss auf die moralische Beurteilung. Keine Zeit wird sich mit dem Charakter eines Nero oder Claudius befreunden können (II, 18). Moralische Urteile können nach einem bezeichnenden Ausdruck unseres Philosophen wohl umgebogen, nie aber ganz verkehrt werden (II, 19). Am meisten stehen unter dem Einfluss der Gewohnheit und des Brauchs die Urteile über Angemessenheit und Unangemessenheit gewisser Gebräuche. Oft wird dadurch die Sittlichkeit gefährdet; Gebräuche erhalten sich so, die den Grundsätzen von Recht und Gewissen zuwiderlaufen. Selbst eine so gebildete und gesittete Nation wie die griechische kämpfte nicht gegen die überkommene grausame Sitte des Kinderaussetzens.

E. Das Wesen der Tugend.

a. Die Tugend besteht nach Smith in der harmonischen Vereinigung selbstischer und wohlwollender Neigungen: „Der tugendhafte Mensch ... ist der, welcher mit der vollkommensten Herrschaft über seine ursprünglichen und selbstischen Gefühle die grösste Feinfühligkeit (most exquisite sensibility) für die ursprünglichen und sympathetischen Gefühle anderer verbindet" (I, 374 f).

b. Daher muss der tugendhafte Charakter nach zwei Gesichtspunkten betrachtet werden, erstens, sofern er das Wohl des Eigenlebens, zweitens, sofern er die Glückseligkeit der Gesamtheit zum Ziele hat. Tugendhaft ist daher derjenige, welcher die Eigenschaften besitzt, die zugleich seine eigene Wohlfahrt und die der Gesamtheit befördern. Diese Eigenschaften sind Klugheit, Gerechtigkeit, Wohlwollen.

c. Klugheit ist die Tugend, die sich vornehmlich auf die Erhaltung des individuellen Wohls bezieht. Sie hat zwei Grade: 1. ist sie die „niedere Klugheit" und erstreckt sich als solche auf die Erhaltung der äussern Glückseligkeit (Selbsterhaltung, Streben nach Ehre und Ruhm, Rang und Reichtum.) 2. ist sie die „höhere Klugheit", als welche sie edlere Objekte zum Gegenstande hat: vollkommene Entfaltung intellektueller und moralischer Tüchtigkeit, Erwerbung einer gerechten und wohlwollenden Gesinnung Die „niedere" Klugheit verdient Lob, die „höhere" ist der Bewunderung würdig; sie ist gleichsam der beste Kopf verbunden mit dem besten Herzen" (II, 62).

d. Gerechtigkeit und Wohlwollen haben die Glückseligkeit anderer zum Ziel. Gerecht ist der, welcher peinlich und gewissenhaft dafür Sorge trägt, die Wohlfahrt anderer nicht zu stören, selbst dann nicht, wenn das Gesetz sie auch nicht gegen Eingriffe schützt. Daher verbindet sich Gerechtigkeit immer mit Menschenfreundlichkeit und Wohlwollen.

e. Dieses hat drei Bethätigungssphären: 1. unsere natürliche Umgebung, Familie, Freunde, Arme und Verlassene. Daraus ergeben sich als Pflichten: Sorge für die Erhaltung der Familie; Freundschaft und Liebe; Wohlthätigkeit; 2. den Staat und die engere Gemeinschaft, in der wir leben. Die entsprechenden Pflichten sind: Vaterlandsliebe: Liebe zur engern Heimat; 3. die Gesamtheit aller Individuen; die entsprechende Pflicht ist: allgemeine Menschenliebe, die jedoch nach unserm Philosophen nur der ausüben wird, welcher die Überzeugung in sich trägt (is thoroughly convinced), dass alle Bewohner des Weltalls, der geringste wie der grösste, unter der unmittelbaren Sorge und dem Schutz jenes grossen gütigen und allweisen Wesens stehen, das alles in der Natur leitet und kraft seiner unveränderlichen Vollkommenheiten jederzeit die grösstmögliche Glückseligkeit auf Erden zu bereiten gesinnt ist" (II, 114).

f. Zu den Tugenden der Klugheit, Gerechtigkeit und des Wohlwollen tritt als ergänzendes Glied der Tugend der Selbstbeherrschung, von der alle andern Tugenden gewissermassen ihren Glanz (lustre II, 130) erhalten. Sie wird durch das Gefühl der Schicklichkeit mit Rücksicht auf die Empfindungen des unparteiischen Zuschauers empfohlen (II; 189), während Klugheit, Wohlwollen und Gerechtigkeit ursprünglich unabhängig von der Meinung anderer, aus unsern selbstischen und wohlwollenden Neigungen entspringen. Diese Rücksicht kommt erst später und erhöht dadurch die Freude an der Bethätigung jener Tugenden.

———

Dies sind in den Hauptzügen die leitenden Gedanken in Smith's Moralsystem. Die Einwände, die man gegen dasselbe gemacht hat, im einzelnen zu prüfen, ist nicht der Zweck der vorliegenden Abhandlung. Nur einen Punkt möchte ich berühren, auf den gewissermassen alle Einwürfe hinauslaufen; es ist der Vorwurf gegen die Autorität des unparteiischen Zuschauers, mit dessen Einführung Smith nach einigen Autoren seinem System selbst das Urteil spricht.*)

*) So Albert Delatour, Adam Smith sa vie, tes travaux, ses doctrines. Ouvrage couronné par l'Academie des sciences morales et politiques. Paris 1886. S. 92: „cette intervention (du spectateur impartial) est laruine de la système.." Bagehot, (Adam Smith as a person. Fortnightly Review XX. 1876. S. 18—42) nennt den unparteiischen Zuschauer" „a fiction of inconsistent halves; it

Der Einwand scheint zuzutreffen, wenn man ihn weniger gegen die Sache, die Smith bezeichnen will, als gegen den Ausdruck selbst richtet. Wenn manche behaupten, der „unparteiische Zuschauer" sei eine völlig leere Imagination, so ist ihnen nicht beizustimmen. Man denke nur an den Richter, den Arzt, den Sachverständigen! Würden wir bei ihnen nicht völlige Unparteilichkeit voraussetzen, so höbe sich ihre Bedeutung für uns auf. Aber der Ausdruck „unparteiischer Zuschauer" in der "Theory" scheint gleichwohl dem was Smith bezeichnen will, unangemessen. Er meint das Allgemeingültige im Urteile eines jeden, also „praktische Vernunft", und Kant allein hat für die richtige Sache auch den richtigen Ausdruck. Nach Kant sind alle einzelnen Zwecke, die unser Begehren zum Ziel haben kann, empirische und daher sinnliche und egoistische Bestimmungsgründe des Willens, die auf das Princip der eigenen Glückseligkeit zurückgeführt werden können. Als wahrer Bestimmungsgrund des sittlichen Willens bleibt ihm deshalb allein die Form der möglichen Allgemeinheit des den Willen bestimmenden Gesetzes übrig. So wird ihm zum Princip der Sittlichkeit das Gesetz: Handle so, dass die Maxime deines Willens zugleich als Princip einer allgemeinen Gesetzgebung gelten könne. Die Quelle dieses Grundsatzes liegt in der Vernunft; darauf beruht die Autonomie des Willens, denn als Vernunftwesen giebt der Mensch sich selbst das Gesetz. Zugleich ist er aber ein sinnliches Wesen, und da die Sinnlichkeit der Vernunft widerstrebt, ist das Gesetz zugleich ein Gebot, ein formales Princip, welches sich wider die materiellen, empirischen Bestimmungsgründe des Willens, die Triebe und Neigungen richtet.

Smith steht in der Sache auf demselben Standpunkt,

---

he sympathizes, he is not impartial, and if he is impartial, he does not sympathize. Vergl. auch die Austührungen bei Treudelenburg. Naturrecht auf dem Grunde der Ethik. 1860. § 30. S. 33 f.

nur erkennt er es nicht klar und vermag es nicht so angemessen auszusprechen, wie der Königsberger Philosoph. Smith bleibt doch der blosse Psychologe, der Gefühlszustände zu analysieren trachtet, wo Kant, der grosse Vertreter der praktischen Vernunft, allgemeingültige, apriorische Urteile der Vernunft als die ewigen Grundlagen des sittlichen Lebens aufstellt. Ebenso weit wie die Ableitung aus der Vernunft an Genauigkeit und Sicherheit jedes bloss psychologische Raisonnement übertrifft, übertrifft auch die Grundlegung der Moral durch Kant an innerer Bedeutung wie an historischer Wirksamkeit die Resultate des schottischen Vertreters einer Philosophie des gesunden Menschenverstandes.

Vergleichen wir die "Theory" mit dem "Wealth of Nations", so charakterisiert sich Smith's Standpunkt näher so:

In der "Theory" lehrt unser Philosoph: Das Sittliche spiegelt sich in dem Gefühl: es beruht auf der Sympathie einerseits, dem Gefühl der wesentlichen Gleichheit der Menschen in Bezug auf ihre vernünftige Anlage andererseits. Aus dieser vernünftigen Anlage leitet nun Smith ab, wie sich der Mensch dieser Anlage gemäss verhalten sollte, um sie zu realisieren. Er zeigt nicht bloss, wie die Menschen wirklich sind, sondern auch was wir auf Grund unserer vernünftigen Anlage an ihnen billigen oder missbilligen, was wir von ihnen fordern, was die Tugend des Menschen und das Gegenteil ausmacht, was in menschlichen Handlungen jener Anlage angemessen und unangemessen, was zu thun oder zu unterlassen Pflicht ist. So zeichnet er auf Grund der erfahrungsmässigen Beobachtung menschlicher Natur und menschlicher Empfindung eine wirkliche Moral.

In dem "Wealth of Nations" hat er ganz andere Ziele. Er will zeigen, wie der Staatsmann, der Gesetzgeber sich zu der Wirklichkeit der menschlichen Handlungen auf wirtschaftlichem Gebiete zu verhalten hat, damit alles möglichst gut gehe, der Wohlstand und die Kultur in möglichst grossem Massstabe zunehme. Es handelt sich dabei um ein technisches Verfahren. Die Realität ist gegeben; was ist zu thun, um einen vorschwebenden Zweck möglichst vollständig, mit möglichst geringem Aufwande von Kraft und Hilfsmitteln zu erreichen? Die Menschen muss man dabei nehmen, wie sie sind: man kann sie nicht erst zu diesem Behufe umschaffen. Darum zeigt Smith hier, wie die Menschen wirklich sind, welches ihre wirkliche Handlungsweise ist, wo es sich um Erwerb, Erzeugung, Austausch, Genuss und Verzehr von wirtschaftlichen Gütern handelt. Darum ist hier gar nicht die Frage: was soll sein? was ist das sittlich Geforderte? sondern einfach: wie handeln die Menschen thatsächlich? und zwar: wie handeln sie im Gebiet des wirtschaftlichen Lebens? Worauf kann man bei ihnen rechnen? worauf muss man sich einrichten, wenn man den möglichst günstigen Erfolg mit ihnen erreichen will? Er sieht also hier die Dinge unter dem Gesichtspunkt der wirklichen Erscheinung. In genialer Anschauung hat er nun die wirkliche Erscheinung präsent gehabt. Er hat sich nicht mit Utopieen abgegeben, sich nicht eine ideale Menschheit erträumt, nicht eine Menschheit, in der das Sittengesetz wirklich zur allein herrschenden Macht, zum Bestimmungsgrunde für alles Handeln, auch für das wirtschaftliche, geworden wäre. Mit kühler kluger Resignation zeigt er, von welchen Motiven die Menschen, so wie sie nun einmal sind, in ihrer Wirtschaft wirklich getrieben werden, und es freut ihn nachweisen zu können, dass die Dinge auch so ganz gut gehen, wenn man nämlich die menschlichen Triebe möglichst ungehindert walten lässt. Zwar sind die menschlichen Triebe an sich nicht vernünftig; thatsächlich werden die Menschen vom Eigennutz regiert, und wenn es hoch kommt, von klugem, weitsichtigem Eigennutz. Aber die Welt ist vernünftig eingerichtet und wird von einer allgegenwärtigen Vorsehung gelenkt, deren Zwecken auch die blinden, die eigennützigen Triebe dienen müssen. Die Menschen glauben sich zu dienen; in Wirklichkeit aber dienen sie mit ihrem Eigennutz allgemeinen Zwecken, und in diesem scheinbaren wirren Durcheinander eigennütziger Triebe herrscht eine allumfassende Harmonie. Das Gute und Nützliche, das Zweckmässige, Leben und Wohl Erhaltende stellt sich her ohne den Willen der Menschen und ohne ihr Bewusstsein, rein durch das Spiel ihrer gegen einander und mit einander arbeitenden Interessen. Das ist Smith's grossartiges Vertrauen auf die Vorsehung und die vernünftige Leitung der menschlichen Geschicke durch den allmächtigen Weltenherrscher: keine menschliche Veranstaltung kann die Dinge so geschickt leiten wie die göttliche Weisheit. Diese bedient sich dazu der menschlichen Triebe, sie lässt sie walten und benutzt sie zu ihren Zwecken; es kommt immer das dem Plane Gottes Angemessene heraus.

Darauf begründet sich seine Ansicht, dass alles am besten geht — im wirtschaftlichen Leben nämlich — wenn die Regierenden sich möglichst wenig darum bekümmern, möglichst wenig eingreifen. Denn sie haben beschränkte Einsicht und beschränkte Macht; des Menschen kluge Absicht und Berechnung vermag wenig und schadet mehr als sie helfen kann.

Zudem ist wirtschaftliche Freiheit und Selbständigkeit für die Menschen ein Grund des Selbstgefühls und des edlen Stolzes. Selbstverantwortlichkeit beflügelt alle Kräfte und beschleunigt alle Thätigkeiten. Das alles könnte durch die beständigen Eingriffe der Staatsgewalt gehindert werden.

Man sieht, einen Widerspruch zwischen Smith's "Theory of moral sentiments" und dem "Wealth of Nations" müsste man erst durch eine Reihe von Missverständnissen künstlich hineintragen und konstruieren. Smith lehrt in der "Theory": Die Menschen haben von Natur Sympathie für einander, und diese sollen sie zu sittlichem Mitgefühl entwickeln; die Menschen vermögen sich durch ihre Vernunft über ihre Eigentümlichkeit, die Besonderheit ihrer Lage und ihre zufälligen Antriebe zu erheben und sich auf den Standpunkt des unparteiischen Zuschauers zu versetzen: diese Anlage sollen sie ausbilden bis zu sittlicher Fertigkeit. Das ist ihre Tugend, dadurch werden sie gottähnlich, vollkommen, und in der Selbstverleugnung erreicht die menschliche Anlage ihren Gipfel. Er lehrt in dem "Wealth of Nations": In wirtschaftlichen Dingen handeln die Menschen thatsächlich von Natur eigennützig, und es geht ganz gut, wenn sie so handeln. Er lehrt nicht: die Menschen s oll e n. eigennützig handeln, sondern sie m ü ss e n so handeln. Weil nämlich die andern so handeln, so ist auch der Frömmste und Beste daran gebunden, sonst müsste er untergehn. Denn in einer Gesellschaft von lauter Eigennützigen wäre der nicht Eigennützige einfach verloren. Zudem, auch in der "Theory" heisst es nicht, dass ü b e ra ll im Menschen nur Sympathie thätig, oder dass Eigennutz ü b e ra ll verwerflich ist, sondern nur, dass der Eigennutz in gewissen Fällen im tugendhaften Menschen von der Selbstverleugnung und vom Mitgefühl für andere überwunden wird. In dem wirtschaftlichen Leben hat der Eigennutz nur ein grösseres Gebiet, hier ist er das Herrschende und Leitende. Wo es sich nicht um technische, sondern um sittliche Bethätigung handelt, da ist es freilich ganz anders: da ergeht an den Menschen auch nach Smith das höchste Gebot, vollkommen zu sein, und wenn Selbsterhaltung die nächste der Pflichten ist, so giebt es doch noch höhere Pflichten. Im wirtschaftlichen Leben aber haben wir es mit der Frage zu thun, wie wir in dieser wirklichen Welt bestehen können. Diese Welt ist keine ideale; die Menschen sollten wohl tugendhaft sein, aber sie s i nd es nicht. Auf die Menschen wie sie sind, m ü ss e n wir uns einrichten, und so kann Eigennutz im wirtschaftlichen Sinne geradezu auch als sittliche Pflicht bezeichnet werden.

Adam Smith hat die eigentümliche Natur der wirtschaftlichen Dinge und die Natur des Menschen, in der der Unterschied der wirtschaftlichen Thätigkeit von allen andern begründet ist, sicherer erfasst als irgend jemand sonst. Darauf allein beruht die Verschiedenheit der Lehren, die er in der "Theory" von denen, die er in dem "Wealth of Nations" giebt. In Wahrheit steht seine wirtschaftliche Theorie mit seiner Moral in voller Harmonie: der "Wealth of Nations" hat seine berechtigte, mit der Moral der "Theory" durchaus verträgliche Eigentümlichkeit darin, dass es sich dort um technisches, hier um sittliches Handeln dreht.

Weil eigennützige Triebe nach Art von Naturkräften wirken, konnte Smith die Gesetze des wirtschaftlichen

---

Anm. Der Zusammenhang der beiden Smith'schen Werke ist vielfach falsch gedeutet oder überhaupt vermisst worden. So ist das was Vorländer (Gesch. der philos. Moral, Rechts- und Staatslehre der Engl. u. Franzosen 1885) S. 507—12 darüber sagt, nicht zutreffend.

Kautz (die gesch. Entw. der Nationalökonomik und ihrer Lit. 1860) sagt S. 417, die beiden Werke Smith's stünden „in einiger Beziehung" und beruft sich in seiner weitern Darstellung dieses Zusammenhangs auf die Ausführungen Vorländers. S. 422 Anm. heisst es: „die spätere Lehre des Eigennutzes passe nicht zur Lehre von der Sympathie."

Roscher (Grundlage der Nationalökonomie 18. Aufl. 1886 meint S. 25. (I\, A. Smith hat in seiner Theory alles ebenso einseitig auf die Sympathie wie in dem "Wealth of Nations" auf das "Selfinterest" zurückgeführt, „wohl nicht ohne das Bewusstsein, dass zur Erklärung der Wirklichkeit beide Einseitigkeiten zusammengefasst werden müssen". —

Was Cohn, Grundlegung der Nationalökonomie Stuttgart 1885 S. 114 darüber sagt, ist gleichfalls unzutreffend. — Dagegen schützt kräftig Smith gegen den Vorwurf, als habe er die Volkswirtschaft von moralischen Rücksichten dispensiert:

Erdmann, I. E. Grundriss der Gesch. d. Philos. 3. Aufl. 1876. II. 114 f; cf. auch Windelband, Geschichte der neuern Philosophie I, 339.

Lebens nach Analogie von Naturgesetzen betrachten im Gegensatz zu sittlichen Gesetzen. Er geht von der Voraussetzung aus, dass das wirtschaftliche Leben nicht als solches ethischer Natur ist. Die Wissenschaft von dem wirklichen wirtschaftlichen Leben ist ihm kein Teil der Ethik, sondern sie gehört zur Biologie; ebenso ist die Staatsweisheit in Bezug auf das wirtschaftliche Leben ein Teil der Politik, und nicht der Ethik. In dem "Wealth of Nations" legt er die richtigen Mittel dar, um Wohlstand zu erzeugen, zu erhalten und zu vermehren und nichts weiter, unter der Voraussetzung, dass unter den Menschen nichts als der Eigennutz, die Klugheit als weitschauender Egoismus walte.**)

In Smith's System herrscht durchgängig der teleologische Gesichtspunkt.*) Was ist, ist vernünftig geordnet: vernünftig aber heisst zweckmässig. Der Zweck ist das möglich grösste Glück der empfindenden Wesen. Das Universum besitzt eine Harmonie, in der sich alles Leiden aufhebt; als unentbehrliches Moment des Ganzen hat auch das Leiden seine Berechtigung. (Theory II, 115). Das Vertrauen auf die objektive Vernunft, auf die Logik der Thatsachen, das, wie wir sahen, das ganze Zeitalter durchzieht und schon in Clarke,***) (fitness of things) Wollaston (Princip der Wahrheit) und Ferguson (Theorie der fortschreitenden Entwickelung durch Selbstliebe und Wohlwollen) seinen Ausdruck fand, wird bei Smith ausgedeutet als göttliche Vorsehung, die die Welt leitet.

So ist seine Weltanschauung eine über das Irdische hinausgreifende, im Transcendenten heimische. Die Prin-

---

*) Um die vorliegende Abhandlung nicht so sehr anschwellen zu lassen, begnüge ich mich hier die Stellen nur zu nennen, in denen dies hauptsächlich zum Ausdruck kommt. Es sind: I, 189; I, 270; I, 203; 216; 265; 292; 410; 413 f.

**) Wealth of Nations. II, 21: IV, 153; III, 19; III, 177.

***) Die property Smith's ist der fitness Clarkes nahe verwandt: Erdmann, I. E. Grundriss der Gesch. der Philos. II Aufl. Berlin 1870 S. 109.

cipien der natürlichen Theologie, die, wie uns sein Biograph Dugald Stewart mitteilt,*) den ersten Teil seiner Vorlesungen über Moralphilosophie an der Glasgower Universität bildeten, durchziehen sein ganzes System. Der Vater im Himmel ist es, der die Harmonie der Welt aufrecht erhält; ein jenseitiges Gericht gleicht definitiv Thun und Leiden der Menschen aus.

So ist denn das religiöse Element bei Smith nicht bloss eine äussere Zugabe, ein vereinzeltes Element; die Religion bildet bei ihm vielmehr Grundlage und Schlussstein der Moral.**) Sie ist nach ihm die ursprünglichste der im menschlichen Bewusstsein wirksamen Potenzen und gestaltet auch die ursprünglichen sittlichen Vorstellungen der Menschen. „Auch in ihrer rohesten Form gab die Religion den Regeln der Moral ihre Sanktion (Th. of m. s. I, 409). Sie verstärkt das natürliche Gefühl der Pflicht (ibid. I, 426). Es war für die Glückseligkeit der Menschen viel zu wichtig, dass die Pflicht durch die Mahnungen der Religion noch mehr eingeschärft würde, als dass der Schöpfer die Entstehung religiöser Überzeugungen allein der Lang-

---

*) Adam Smith's Works by D. Stewart. Bd. V. S. 414.
**) Wir sind weit davon entfernt Smith's Religiosität mit Braun (Glaubenskämpfe und Friedenswerke S. 206) ihrem Inhalte nach als eine „dürftige" anzusehen. Viel treffender scheint uns zu sein, was Cliffe Leslie (Essays in political and moral philosophy. Dublin and London 1879. X.: The political economy of A. Smith) S. 153 f. sagt: "The law of nature becomes with him (Smith) an article of religious belief. The principles of human nature in accordance with the nature of their Divine Author, necessarily tend to the most beneficial employments of man's faculties and resources. And as the classical conception of nature supposed simplicity, harmony, order and equality in the moral as in the physical world, in A. Smith's philosophy it becomes associated with divine equity and equal benevolence towards all mankind and by consequence with a substantially equal distribution of wealth as the means of material happiness. Nothing, therefore, is needed from human legislation . . . . beyond the maintenance of equal justice and security for every man to pursue his own interest in his own way".

samkeit und Ungewissheit philosophischer Untersuchungen überlassen hätte (ibid. I, 410). Die Religion gewährt den unschuldig Leidenden Trost; das Vertrauen zu der unfehlbaren Gerechtigkeit jenes grossen Weltrichters, der die Unschuld zu rechter Zeit aufdeckt und die Tugend schliesslich belohnt (I, 325), ist allein imstande, uns über die Ungerechtigkeiten dieser Welt hinwegzuhelfen. Zugleich ist unserem Philosophen die Versenkung in die Idee des göttlichen Wesens, dessen Güte und Weisheit von Ewigkeit her diese ungeheure Maschine des Universums in Gang erhält und das grösstmögliche Glück hervorbringt, der erhabenste Gegenstand menschlicher Betrachtung.

Mit diesem Vertrauen auf die weltleitende Vernunft verbindet sich der Glaube an eine zukünftige Welt, ein Glaube, der nach Smith tief in der menschlichen Natur wurzelt und der so stärkend ist, und der Grösse der menschlichen Natur so schmeichelt, dass der tugendhafte Mensch, welcher so unglücklich wäre, an einer zukünftigen Welt zu zweifeln, unmöglich umhin kann, auf's ernsthafteste zu wünschen, daran glauben zu können (Th. of m. s. I. 326).

Eben weil Religion und Moral bei unserem Philosophen im engsten Zusammenhang stehen, erkennt er zugleich den autonomen Charakter des Sittengesetzes in gewissem Sinne an. Er giebt freilich zu, dass auch ein Mensch tugendhaft genannt werden könne, der lediglich durch die Rücksicht auf die äussern Gesetze und Anordnungen der "general rules" in seinem Handeln besimmt werde (I. 402). Diese "general rules" sind Regeln, die freien Handlungen der Menschen zu regieren; sie haben ihre Autorität in sich, ermangeln nie, ihre Verletzung durch die Qualen innerer Scham und Selbstverurteilung zu bestrafen (I. 413). Aber eigentlich haben doch auch diese Gesetze keinen bloss äusserlichen Ursprung, sondern sie entspringen aus dem Gewissen und entsprechen diesem, und dies Gewissen ist göttlichen Ursprungs*). Wohl heisst es: diese Gesetze

---

*) Das Gewissen wird "demigod" genannt I. 324. Wenn er (the man

sind die Stellvertreter Gottes in uns, von einem rechtmässigen Oberherrn uns vorgeschrieben; aber wir sind darum, nämlich durch die Ausübung moralischer Tugenden, durch die Befolgung der "general rules" Mitarbeiter Gottes und helfen seinen Plan, der auf die grösste Glückseligkeit auf Erden zielt, realisieren (I. 414).

Der Glaube an Gott und Unsterblichkeit wird nach Smith durch die Vernunft bestätigt. Auch hier zeigt sich zugleich eine Verwandtschaft und ein Gegensatz des schottischen Denkers zu dem Philosophen von Königsberg. Nach Kant sind Gottes- und Unsterblichkeitsglaube Postulate der reinen praktischen Vernunft, d. h. theoretisch nicht erweisbare aber praktisch notwendige Voraussetzungen, die den Ideen der spekulativen Vernunft durch ihre Beziehung auf das Praktische objektive Realität geben. Vom Standpunkt der theoretischen Vernunft ist die Annahme des Daseins eines höheren Wesens eine blosse Hypothese: vom Standpunkt der reinen praktischen Vernunft ist sie ein Glaube, und, weil bloss reine Vernunft ihre Quelle ist, ein reiner Vernunftglaube. Smith leitet die moralische Notwendigkeit jenes Glaubens aus den moralischen Phänomenen selbst ab, ohne ihn einer spekulativen Untersuchung zu unterwerfen.

Wahre Vernunftreligion ist ihm das Ideal, dessen Verwirklichung er sich von der völligen Religionsfreiheit und der völligen Freiheit der Sektenbildung verspricht (W. of N. IV. 201.); falsche Religionsbegriffe sind nach ihm die Quelle des grössten Unheils. In seiner warmen Parteinahme für den Protestantismus eifert er gegen Werkheiligkeit, gegen asketische Selbstpeinigung, gegen allen

---

within = das Gewissen) sich nicht betäuben lässt durch den Mann da draussen, (the man without), so handelt er gemäss seiner göttlichen Bestimmung; lässt er sich verwirren durch sein Urteil, so zeigt er seine Verwandtschaft mit der Sterblichkeit und scheint eher dem menschlichen als dem göttlichen Teil seines Ursprungs gemäss zu handeln.

Aberglauben (ibid. IV. 194 ff.). Die römische Kirche des Mittelalters erscheint ihm als der furchtbarste Bund (combination), der jemals gegen die Macht und Sicherheit der bürgerlichen Obrigkeit, sowie gegen Freiheit, Vernunft und Glück der Menschheit gebildet wurde (ibid. IV. 217). Man darf Smith keinen Vorwurf daraus machen, dass er die spezifisch christlichen Lehren gegen einen farblosen Theismus habe zurücktreten lassen. Auch darin war er ein Sohn seiner Zeit. Aber sein Theismus — das muss man seinen Verächtern gegenüber um so energischer behaupten, — verbindet sich mit der wärmsten Begeisterung für Menschenwohl, mit der herzlichsten Liebe zu seinen Brüdern. Manche haben aus seinem "Wealth of Nations" eine hartherzige kalte Natur, eine Verherrlichung des Eigennutzes herauslesen wollen. Wer zu lesen versteht, erkennt auch dort, dass der allgemeine sittliche Fortschritt, der Fortschritt in Kultur und Wohlfahrt, der einzige Gedanke und das einzige Ziel Smith's war, und dass er sein ganzes Buch nur geschrieben hat, um zu zeigen, auf welche Weise sich dieses Ziel am sichersten und besten erreichen lasse. Vielleicht hat er in seinem Gottvertrauen die Dinge dieser Welt nur etwas zu rosig angesehen. Denn neben seinem Theismus ist der hohe Idealismus des schottischen Denkers hervorzuheben wie sein edler Optimismus*). Der Mensch, sagt er, ist geboren um sich zu freuen, die Natur giebt ihm, was er braucht. Die Glückseligkeit desselben ist die Absicht des Schöpfers, und sie ist auch der gewöhnliche Zustand auf Erden: „Man mache einen Ueberschlag von dem Leiden in der ganzen Welt, so wird man gegen einen Menschen, den Schmerz und Elend drückt, zwanzig in Glück und Freuden, oder wenigstens in erträglichen Umständen finden (Theory I. 342). Allerdings ist unseres Philosophen Ideal von Glückseligkeit kein besonders hohes: „Was kann zur Glückseligkeit eines Menschen hinzugesetzt

---

*) Ebenso sein historischer Sinn. Im V. Buch besonders taucht der Begriff der Entwickelung bei ihm auf.

werden, ruft er aus, der gesund ist, keine Schulden und ein reines Gewissen hat" (ibid. I. 107). Das grösste Glück ist ihm das Bewusstsein geliebt zu werden (ibid. I. 284).

Die Tugend wird trotz vieler Ungerechtigkeit, die es in der Welt giebt, doch schliesslich belohnt, Fleiss, Ausdauer, Klugheit und Vorsicht kann es anhaltend an Erfolg nicht fehlen; (ibid. I. 446 f. 150 f.) daher muss man stets thatkräftig und freudig in das Leben eingreifen; jeder ist dazu da, alle seine Kräfte in den Dienst der Mitmenschen zu stellen, um ihre Glückseligkeit zu befördern. Die höchsten Spekulationen eines Philosophen können kaum die Vernachlässigung der geringsten aktiven Pflicht wieder gut machen (ibid. II. 119).

Wie die Gesellschaft das Feld menschlichen Wirkens ist, so ist sie auch die Stätte, wo der Unglückliche Trost, der Glückliche doppelte Freude empfindet. „Bist du daher unglücklich," rät unser Philosoph, „so kehre alsbald an das Tageslicht der Gesellschaft und der Welt zurück. Lebe mit Fremden, die dein Unglück nicht kennen oder die es wenig kümmert . . ., bist du im Glück, beschränke den Genuss desselben nicht auf dein eigenes Haus, deine Freunde oder gar deine Schmeichler; besuche die, welche unabhängig von dir sind, die dich nur wegen deines Charakters und deines Benehmens, nicht deines Glückes wegen schätzen können" (I, 380 f).

Bei seinem Optimismus*) übersieht Smith aber keines-

---

*) Im VII. Teil seiner "Theory" erörtert Smith auch das Princip der Wahrhaftigkeit. 1. Jeder Mensch, sagt er, ist von Natur geneigt zu glauben. Wenn wir dem innern Führer folgen, so sind wir Gegenstand der Achtung und Ehrfurcht. 2. Es genügt uns nicht, Glauben zu finden; wir wünschen auch Glauben zu verdienen. Das ist einer der stärksten Triebe. 3. Nicht für glaubwürdig gehalten zu werden, ist der tiefste Schmerz. Selbst das Bewusstsein, unverschuldet getäuscht zu haben, lastet schwer auf uns, weil dadurch unser Ansehen und unser Vermögen andere zu leiten, gemindert wird. 4. Offenheit und Freimütigkeit bewirken Vertrauen, Zurückhaltung und Heimlichkeit Misstrauen. Die Harmonie der Gesin-

wegs die Schwächen der menschlichen Natur. Wenn wir uns mit dem Massstabe genauer Angemessenheit und Vollkommenheit messen, sagt er, so wird der Weiseste und Beste unter uns in seinem Charakter und Betragen nichts als Schwäche und Unvollkommenheit finden; er fühlt den unvollkommenen Erfolg aller seiner besten Bemühungen und sieht bekümmert, wie weit die „sterbliche Copie" von dem „unsterblichen Original" absticht (Theory II, 147 f). Unser Philosoph erkennt, dass die menschliche Natur ein gewisses Mass von Bosheit enthält (ib. I, 99); dass der Neid uns hindert, uns herzlich an dem Glück unseres Nächsten zu freuen (ibid. I, 111); dass es Heuchler von Recht und Grösse ebenso giebt, wie solche von Religion und Tugend (I, 154): dass der Dumme vielfach erhöht, der Weise verachtet wird (I, 383); dass der geringste eigene Vorteil uns höher gilt, als das höchste Glück unseres Nächsten (I, 216 f). Aber diese und ähnliche Äusserungen, die sich in der "Theory",*) wie in dem "Wealth of Nations" an zahlreichen Stellen finden, geben nicht im entferntesten ein Recht, ihn zum Pessimisten zu machen**); vielmehr scheinen sie mir nur ein Beweis für Smith's gesundes Urteil über die Menschen,***) für seine scharfe Beobach-

nungen macht das Zusammenleben erfreulich. 5. Wir wünschen von Natur, des anderen Gesinnungen zu kennen, bis zur tadeluswerten Neugier. Offenheit der Aussprache ist die wertvollste Art der Gastfreundlichkeit.

*) I, 123.: Die Fröhlichen wenden ihre Augen von den Armen ab, und wenn ihr äusserstes Elend sie nötigt, sie auf sie zu richten, so geschieht es nur, um einen so unangenehmen Anblick los ʔzu sein. Ähnlich: I, 136; I, 147 f.; I, 354; II, 169; Wealth of Nations: IV, 152 u. s. f.

**) wozu Baumann (A. Smith's allgemeine Ansichten über Menschen und menschliche Verhältnisse in den Philosophischen Monatsheften XVI. Bd. 1880 S. 385—416) S. 399 ff geneigt scheint, wo er derartige Stellen, aber nur aus dem Wealth of Nations zusammenstellt.

***) Dies zeigt sich auch besonders in seinen Ansichten über Erziehung und Unterricht, auf die hier mit einem Wort noch einzugehen gestattet sei. Bei der Teilung der Arbeit, die er zum Princip seines tungsgabe, die seine optimistischen Voraussetzungen nicht zu

Systems gemacht hat, wird, so erkennt er, der grössere Teil des Volks auf wenige einfache Verrichtungen eingeschränkt. Darunter leidet aber der Verstand; Stumpfsinn und Unfähigkeit, neue Ideen zu fassen, sind unausbleibliche Folgen. Daher ist zunächst eine elementare Vorbildung nötig, um den Geist gegen die Verstumpfung widerstandsfähig zu machen. Die Entwickelung der geistigen Anlagen eines Volks ist Hauptbedingung für seine wirtschaftliche und moralische Tüchtigkeit. Guter Unterricht schützt vor Verführung durch Aberglaube und Schwärmerei, die das Volk zu den grössten Ausschweifungen verleiten; der Unterricht prägt die Gesetze des Anstandes und der Ordnung ein und ist so gewissermassen Unterpfand für die Wohlfahrt des Staates (W. of N. Works IV, 191.) Daher ist es dessen Aufgabe, sich der Erziehung, besonders der niedern Klassen anzunehmen. Er muss öffentliche Schulen errichten (IV, 187), in denen jedermann rechnen, lesen und schreiben lerne; diese Kenntnisse müssten Gemeingut aller Klassen werden (IV, 186). Niemand soll die Erlaubnis erhalten, ein Gewerbe zu betreiben, ohne den Besitz jener Fertigkeiten in einer Prüfung nachgewiesen zu haben (IV, 188). — Im wesentlichen leiten Smith dieselben Gedanken wie die pädagogischen Reformatoren des 18. Jahrhunderts: Volksbildung, Volkserziehung. Er erkennt die tiefe Wahrheit des Baconischen "knowledge is power"; Wissenschaft allein ist die Stütze der Sittlichkeit in einem Staate (IV, 206), zu deren Hebung Smith öffentliche Vergnügungen, Musik, Tanz, dramatische Aufführungen empfiehlt, die sich natürlich in den Grenzen des Anstandes bewegen müssen. — Gleichwohl denkt Smith von öffentlichen Lehranstalten nicht sehr hoch. Diejenigen Teile der Erziehung, für welche keine öffentlichen Lehranstalten vorhanden sind (z. B. Tanzen) werden am besten gelehrt (IV, 158); auf ihnen erhalten sich vielfach Systeme mit aller Zähigkeit, die längst als abgethan gelten. Dies hat nach Smith seinen Grund darin, dass durch die staatliche Besoldung der Lehrer deren Eifer gehemmt, sie durch die gesicherte Aussicht auf bestimmte Einkünfte zur Vernachlässigung ihres Berufs verleitet wären. Auch für den Lehrberuf verlangt Smith freie Concurrenz; der Staat solle nur teilweise besolden, so dass die übrigen Einnahmen lediglich von dem Eifer des Lehrers abhängen. Wenn man Kinder zur Liebe und Pflicht erziehen will, sagt er (Theory II, 78) so soll man sie zu hause erziehen. Häusliche Erziehung ist die Einrichtung der Natur, öffentliche eine Erfindung des Menschen. — In echt modernem Sinne spricht Smith sich für die akademischen Lehr- und Lernfreiheit aus: Keine Schulpolizeigesetze sind nötig, um den fleissigen Besuch von trüben oder abzustumpfen vermochten. Im grossen und ganzen hat unser Philosoph doch das Vertrauen zu der durchschnittlichen Einsicht und Brauchbarkeit der Menschen und zu den Verhältnissen, wie sie sind. Eine besondere Sympathie hegt er für die Geringen. Die Reichen haben nach ihm vor den Armen nichts weiter voraus, „als dass sie aus dem Haufen das Kostbarste und Beste für sich aussuchen können" (I, 466).*) In seinem Vertrauen auf die weltleitende Vernunft, wurzelt schliesslich auch sein Individualismus und die Anerkennung eines berechtigten Eigennutzes.

So haben wir in Adam Smith einen durchaus ideal gerichteten Denker, eine durchaus religiöse Natur, einen bedeutenden Moralphilosophen zu verehren. Sein unbedingtes Vertrauen auf die Weisheit und Güte Gottes beseelt seine "Theory" wie seine "Inquiry". Es geht in der Welt vernünftig zu, mögen es nun die Menschen wollen oder nicht; auch die unvernünftigen Leidenschaften der Menschen

---

Vorlesungen zu erzwingen, die wirklich des Hörens wert sind.... Nach dem 12. und 13. Jahre muss, wenn der Lehrer seine Schuldigkeit thut, die innere Annehmlichkeit eines guten Unterrichts einen jungen von der Natur nicht verwahrlosten Menschen auch ohne Zwang zum fleissigen Besuch derselben bewegen können (W. of N. IV, 158).

Wir werden Smith nicht in allen diesen Ansichten beistimmen können. So werden wir von dem Unterricht in öffentlichen Lehranstalten höher denken wie er, und in der gänzlich staatlichen Besoldung der Lehrer werden wir gerade einen Grund mehr für den Eifer und die gewissenhafte Pflichterfüllung sehen. Aber Smith hatte eben seine Zeit vor Augen, die eine derartige Organisierung des Unterrichtswesens wie sie in unseren Tagen besteht, nicht kannte. Daher begreift sich die Verschiedenheit seines Standpunktes von dem unsrigen. Eine hohe Bedeutsamkeit werden wir aber vielen seiner Ansichten, (die auch heute noch zutreffen) nicht versagen können.

*) Die Verschiedenheit der Talente ist nicht so gross wie wir gewöhnlich annehmen. So unterscheidet sich der Philosoph von dem Lastträger nicht von der Natur, sondern durch Gewöhnung und Erziehung; während der ersten 6—8 Jahre waren sie sich vielleicht ganz ähnlich (W. of N. II, 23).

dienen dem göttlichen Plan. Man könnte deshalb sagen: die Gegner des Adam Smith, die da behaupten, der Staat, d. h. die Staatsmänner und Regenten, müssten alles in ihrer Klugheit erst zurecht machen, damit es vernünftig zugehen kann, übertrieben die Kraft und die Fähigkeit des Menschen und haben kein Vertrauen zur göttlichen Weltregierung. Dass es geboten ist, in dringendem Notfalle mit menschlicher Kunst und Kraft einzugreifen, um zu verhüten und wiederherzustellen, das hat Smith auch in der "Inquiry" nicht geleugnet, sondern für die Staatsthätigkeit ein weites Feld gelassen. Das Band aber, das die "Theory" mit der "Inquiry" verbindet, ist das Vertrauen darauf, dass es in der Welt vernünftig zugeht, der Glaube an die Vorsehung Gottes und die Schwäche des Menschen.

Vita.

Alexander Guilelmus Adolphus Paszkowski natus sum d. VI. mens. Febr. anno MDCCCLXVII Gumbinnae in Borussiae orientalis oppido patre Reinholdo, matre Henrietta e gente Rahm. Fidei addictus sum evangelicae. Primis litterarum elementis imbutus in gymnasio illius oppidi reali. Deinde Berolinum me contuli, ubi vere anni MDCCCLXXXVI maturitatis testimonium adeptus sum. Adscriptus civibus universitatis litterariae Berolinensis philosophicis praecipue nec non philologicis atque historicis studiis operam dedi. Magistri mei doctissimi fuerunt professores:

Delbrück, Deussen, Dilthey, Ebbinghaus, Grimm, Hübner, Koser, Lasson, Mendel, Muret, Paulsen, de Richthofen, Dubois-Reymond, Roediger, Rossi, J. Schmidt, E. Schmidt, de Stein (†), Tobler, de Treitschke, Zeller, Zupitza.

Horum omnium virorum qui summa benevolentia studia mea adiuverunt, memoriam semper colam pio animo.

Thesen

I.
Das Âtman der Vedânta-Philosophie hält die Mitte zwischen der absoluten Substanz des Spinoza und dem absoluten Geiste Hegel's.

II.
Der eudämonistische Optimismus und Pessimismus sind beide gleich unbeweisbar.

III.
Religion und Moral sind untrennbar.

IV.
Der Fetischismus ist nicht die ursprüngliche Form der Religion, sondern eine Entartung des Henotheismus.